不眠的月

活著不需要任何意義，
只要把人生的轉折點連成線，
這條線就是活著

——石月

目錄

壹、台灣金蓮花

深谷裡堅毅的笑容
在低潮時不忘抬頭

致　恩師

七年前
踏入這個舞台
青澀的臉龐
迎向了
一字一句的辭海
七年後
桌前
刻下　優美詩篇
您坐在桌前

掃視　羞澀文字
此刻
心有靈犀
洪流中
七年浮沉
詩句
回到起點
無法化蛹的毛蟲
成蝶
潮水不歇
蝴蝶持續地飛
妙筆不停

杏壇的花未曾凋零

離別

墨水
注入時間的劃痕中
嗆辣
卻不可避免
未經過往
未知未來
在此刻
碰撞　迸裂
瀰漫在空間中的墨香

淡雅
卻未曾散去
俗人有俗人的離別
文人有文人的別離

金剛石

在追求2.417的世界中
現實的雷射
削去
獨特的不透光的稜角
完成之際
一顆顆「完美」的成品
是否比原礦更美？

灰色

「孤單嗎？」
或許吧
「羨慕嗎？」
算是吧
「想加入嗎？」
這裡嗎？
「你還有別的地方可去嗎？」
我不知道
「你是不是不屬於這裡」

是

但我不知道我屬於哪裡

萬年筆

一、

紀載過
薛西弗斯的
墜落
見識過
普羅米修斯的監牢
「你們怎麼學不乖？
膽敢嘗試
窺探神的領域」

即便是
克利俄的史詩
也找不出答案

二、

時間
磨平銳氣
平順地
忠實地記載一切
狂妄的
短視的
愚昧的動物啊！

渴望著
一窺真理
「那可不行喔
畢竟你們
是如此渺小」

註：克利俄為希臘神話中九位謬思女神的史詩謬思，司掌「歷史」

等差數列

20
鮮紅的沸騰
燒灼著
喉嚨、食道、血管

40
玄青的酸漬
侵蝕著
視覺、嗅覺、味覺

09

金黃的輕拂
洗滌著
大腦、心臟、靈魂

瘟疫

小心！
你的嘴巴
你的眼睛
邪魅的死神
跳著舞

注意！
別說話
耳語很致命

希波克拉底
也無能為力

危險！
蒙上眼睛
亡魂正為荒謬
加冕

患者編號：案1347
患者名稱：理智
症狀：意識喪失

註1：
希波克拉底為古希臘醫者
著名的醫師誓言又名希波克拉底誓言
註2：
1347為世界上最著名的瘟疫——黑死病
爆發的年份

玫瑰

鮮紅
在紙上碎裂出
漆黑玫瑰

止不住
突變成
濃厚水墨

癱軟

疲憊的軀幹
黑幕
降臨
「你還好嗎？」
「沒事，只是
用玫瑰澆灌玫瑰」

文明？病。

巨蛇
盤著時間
擠迫
勒斃
吞食著
野望

莉莉絲
魅惑著

行走
長成奔跑
追逐著
荒漠

殘酷天使的悲鳴
呼嘯
讚頌著
靈魂的墳場

彈孔

黑幕
縫上幾何圖案

乾癟的布偶
執刀
自虛無
尋找棉花
撕扯著千萬傷疤

遺忘

帶著
歡喜、悲傷、抑鬱、憤怒
的面具

禁錮在
這個、那個
純白、純灰、純黑
的牢房

一個
緊接著
上一個
我
在長流中
溺斃

詩

向上
升入層層嫣紅
獨自芬芳的薔薇園

向下
墜入灘灘血紅
共同哀鳴的修羅場

以靈魂灌溉

以死亡昇華

我
與你
對話

生活隨筆

「冷氣應該壞了
都不會涼。」

身後的呼吸
侵蝕著後頸
只得以音樂
築起厚厚的城牆
防禦著來自四周的間諜
刺探不著

墻內的焦土

「公館站要到了」

啊！下車了！

癲狂

龍山寺前
一個瘋癲的獨眼老人
總是循環著怒吼
「這群人全死了，你懂嗎？」
不，我不懂
「當他們選擇
將生命交給世界
就已經死透了」
但他們仍舊活著啊

「是啊，若你願稱玩具為活物」

是嗎

「真可笑啊，這個世界」

他走了

走進鋼筆中

請求

請將我摘去
趕在感染之前
在這腥紅的染缸
容不下任何白布
最好捏住我的脖頸
這樣才能擺脫鐐銬
就這樣，將我帶往下一個染缸
讓我成為另一個幽靈
如此往復

請給我一瓶毒藥

請給我一瓶毒藥
我想　眼鏡蛇毒很適合我
那是天使最後的吻
為我捎來幽靈的身分證
在下個世界

請給我的愛人一瓶毒藥
我想　贊安諾很適合她
為她卸下腳上的鏈條

在無知中
才能自由飛翔

特別節目

黑盒子中
背了十幾年的劇本
這次該誰裝瘋賣傻了？

又走著一樣的走位
啃著腐爛的廚餘
終於心也腐了

兩組死去的機器人

在盒子中
瘸著步
「算了，還是轉台吧。」

嘆息

你什麼時候開始習慣了？
從龍息中踏出時？
撿起腥紅的板磚時？
請別放下它
那是你最初
最後的武器
將血雪擰成筆
沾上火藥和著淚
簽上驚恐的編號

築起最後的機槍塔
以雛菊之名

在巨龍燒盡後
你將就此消失
過去與未來
但雛菊會記得
但風會記得
但過去與現在
所有的嘆息會記得

原罪

神父，我有罪
「你犯了什麼罪？」
我不知道，他們說我有罪
說我背叛了他們
「他們是誰？」
他們是千年前被我們侵略的人
「那時你出生了嗎？」
還沒
「那你並沒有錯吧？」

那為什麼我們要受罰？

砰！

沙灘下起了雨

屬於七歲的血雨

殭屍

剖開風乾的淚腺
挖出被唾液
蝕空的期待
佐上嘔出血的靈魂
大火快炒
在灑點手腕的鐵屑提味
餵給另一個
我

塌縮

C溺死了
死在沉寂中
死在淹過頸的黑屋中

T便暴漲了
化開了白牆
霧正沸騰著

當P飛升時

它成了世界
成了僵屍的
邏輯可能世界

最後 V 塌縮了
在一個 27 等價於(-15)世界
就連存在
也呈機率分布

得證
PV=nRT

冰河時期

寒冬逐漸張狂
蠶食著
那雙手　那雙腳　那份愛
死了
凍死在　他與他　她與他　她與她
接觸的那一刻
最後
人們活成了一顆球
絕對零度的它

停止在接觸前一刻
只剩她
熾熱的　閃耀的翅膀　撒下燃燒的羽毛
化開寒冬中結凍的鐵球
融化了　凍結的時間

魔術師

「沒事的……」
我從誰口中
繼承了這句魔術
佐以微笑
我騙過了許多人
家人　朋友　情人
我自己
陪葬了上弦月裡
無名的哀愁

囚徒

痛楚撕扯
殘破的靈魂
無塵衣下的烙印
淌著血
提醒著
不被允許的
若有似無的自我
犯下的罪過
親手焚盡的底片與稿紙

那些通往「發達」的
莫比烏斯環的祭品

紅移

未曾停止
撕扯
光譜的我們
隨之紅移
將彼此間的絲線
拉扯　拉扯　拉扯
直至斷裂
掛上的思念
墜落　墜落　墜落

直至湮滅

異鄉

眼淚凝固在
七歲那晚
餐桌　藤條　斥責前

憤怒囚禁在
聯絡簿上
如血嫣紅的簽名中
腕上的刻痕

放逐了夢想
也放逐了
生而為人的證明

十八歲那晚
診間前
藥物焚盡了
紅繩　蛛網　深淵

捧著碎片與孤獨
殘次的被造物
踉蹌在荒謬中

居無定所

Malfunction

DNA 的謎底
不是底片或稿紙
而是乾涸的黑洞

參數式中的 t
不再停駐在焦點
但為何
你的時間動了
我的卻凍結了

天賦的無情
在咖啡店中
失去功能
荒涼的沙漠
抗命地噙著雨水
隨著告白落在
苦澀的焦糖瑪奇朵
重新　嚥回腹中

花園

在200×100×200的宿舍
存在一座花園
大部分時間都不施肥
就算有
也是微分方程　　可逆程序　　反應機構等毒藥
節慶時
偶有淚水或血液的饗宴
最後只剩

雜草漫天瘋長
手中的鐮刀卻不忍揮下
殘忍地收割靈魂
偶有薔薇降臨
在廢棄花園中
淨化或陪葬於
明天依舊的花園中

無題

金烏墜落後
盜賊遁入
朝著　這棟　那棟
破敗的黃金屋
發起衝鋒
貪婪地掘著牆面
咀嚼殘片
祭拜荒漠中
最後一畝綠洲

解離

那是個清奇的經驗
機器與血肉
在鏡前的第一類接觸
徬徨如蛇
竄過透明鏡面
他們造物主
夾藏在秩序與失序間
抉擇
巨輪在身後緊追

抉擇不能
只能將自身
兩極分化

車票

又一次
不小心在地下街迷了路
停不下的張望
仍舊沒有你
行李箱？不，腳鐐
車票
將我移監回舊的牢籠
只留靈魂
在這有你的城市

繼續迷路

遠方

是誰領著我
穿過荊棘小徑
身軀隨步伐逐漸縮小
16 8 4 2 1
最後只剩拘束衣
隨風飄向
嚮往的遠方

總集篇

那是冰河化開的前一刻
熾熱的羽毛
散落在冰封的
每一處
除了那裏
躺著他
殘次的被造物
裏挾著矛盾與孤獨的藍調
吹散身邊

試圖拯救的羽翼
被泥淖吞沒前
伸手
渴望誰的救贖

玻璃屋

陰暗的破碎的玻璃房裡
滿地的碎玻璃
映著各個角度的他
他坐著
掩著數十張人皮縫成的破碎面具
哭泣
自外而內的割痕
爬滿了他的全身
一道裂痕在他胸口

一雙黑手從中撕開
躺下了汩汩鮮血
裂痕中的雙眼獰笑著
隨手抓起布偶
擁抱
直到染滿血與穢物
再將它拋棄
「他是什麼？」
醜陋的怪物
「什麼？」
我

囈語

一、

我渴望死亡
並非肉體上輕浮的死去
而是莊嚴的精神層面上
自我的湮滅
唯有如此
才能迎來新生
也為犯下的罪與自身的贖罪完成補完
但那終究是我

不負責任的奢求
沒有人能在犯罪後
輕易的離世
更何況是
犯下重罪的我呢？

二、
想哭嗎？
無疑是想的
扛著滔天的罪孽
再也無法向前邁開步伐
但我真的能哭嗎？

為誰而哭？我又憑什麼而哭？
「哭」無疑是最理想
最神聖的抒發
它只屬於純潔無瑕的孩子
早已傷痕累累的我
早已失去選擇它的資格

三、
他人的期待、仰望
堆積在心中
發酵、腐爛、變質成
自責、無力與愧疚

將我狠狠吊起
在漆黑的萬丈深淵上
痛　太痛了
如同被剪斷繩索的木偶
癱軟在地卻掙扎著想站起
最後卻被體重壓垮雙腳
來回往復

苦行僧

荒漠中
老人拄著拐杖
佝僂前行
滿身吸血的蚤子
成為他的袈裟
摘下一隻
飽滿如紅寶石
那是他唯一的食物
塑造他畸形的身軀

最終倒下
在某個隨機生成的沙坑中
終幕

掌聲四起
觀眾矯情地或拭淚
或唾罵
或讚揚
散場後
爬上舞台
加入演出

謝幕

「我做了好事嗎？」
不
「我做了壞事嗎？」
也不
「我做了什麼？」
該做的事
說了該說的對白
舞台燈炫目的耀眼

四散自你的耳墜
刺出了完成儀式的
最後一滴淚

將劇本完整的演完
翼幕闔上
便無法再開
這次　男女主角
注定無法相擁

貳、龍膽花

愛上憂傷時的你

第一段療程

1

五年了，甚至更久，久到他都忘記「正常」究竟是什麼狀態，久到已經放棄希望，這是封遺書，寫給過去的他；也是封邀請函，邀請新的自我誕生。

這一切都很不真實，使他感到害怕，害怕一覺醒來一切的希望都會消散。直到現在他的嘴唇還會不自主地顫抖，包含了興奮、幸福、以及害怕的顫抖。他一直擅長計算的人，但如何推演都無法抵達一個好的結局、一個被拯救的結局。

這五年他過得很辛苦，憂鬱跟焦慮的應激反應掐住他的脖子迫使他投降、壓迫著他的自尊。曾割腕過，契機是小學時的霸凌，但是為了轉移他身上的重擔，找回專注，也是為了讓人找到泥淖中的他。五年裡總是無法停止自我折磨，變得越來越晚睡。國小的十點、國中時的十二點、高中的凌晨兩點。最後他都放任自己斷片到早上。只有這樣才能說服自己是個認真的人，才能卸下他失敗後的自責。

然而，內心的重擔並未因此減輕。他時常想起父親的身影。儘管父親並不會直接表達失望，但言行卻無形中加重了他的壓力。他還記得，當他考上中一中時，父親對同事卻謊稱他進了台中高農。那時的他無法理解，為什麼父親不能坦誠地說出真相。他也曾在進入台科大後被父親問道：「如果當時再拼一下，結果會不會不一樣？」這樣的問題讓他覺得，無論自己再怎麼努力，都像是差了那麼一點點。

他更忘不了小學時的一次對話。那時，他坐在父親的車上，父親嚴厲地對他說：「如果你不想讀書，我就把你送到工廠當工人。」當時，他大哭了一場，淚水中充滿著對被拋棄的恐懼，也夾雜著無法達到父親期望的深深害怕。他無法忘記那種無力的感覺，因為這些話語和行為深深地刻進內心。最近的一次記憶，則是第三次中高級考試複試失敗，當時的他看到成績後哭了一個小時。內心的歉意與自責如洪水般湧來，他告訴自己，不再嘗試了。想起父親曾說過的一句話：「木炭經過高溫高壓後，會生成鑽石，或者變成灰燼。」這句話成為他信奉的準則，支撐著度過無數難熬的夜晚。然而，他不確定自己現在是否已經成為那顆閃亮的鑽石，只覺得自己累了。

這些年來的自己，不斷努力卻總是落空。哪怕只有一次，父親能夠稱讚他、肯定他，甚至只是告訴他：「你已經做得足夠好了。」這樣的心願雖然微小，卻成為了他內心深處的執念。

2

第二次諮商結束後，心中第一次浮現了一種被看透的感覺，雖然這種感覺讓他有些抗拒，但內心也隱隱感到慶幸，因為他遇到了一位真正理解他的諮商師。然而，他同時也感到一絲不舍，似乎預感某些無法挽回的事情即將發生，這讓他開始正視內心深處那些難以面對的角落。

他坦白了自己對毀滅的著迷，這種情感近似於三島由紀夫筆下的「暴烈之美」。他發現自己對這種激烈、極端的情感有著強烈的共鳴，而這種特質也體現在他喜歡的文學作品與動漫之中。例如，他特別喜愛舊版的《新世紀福音戰士》，因為能夠輕易地將自己帶入主角的角色中。或許是因為原生家庭的關係，他感受到主角的痛苦、憤怒以及逃避的理由。那份逃避的渴望與內心的矛盾，讓他與主角共情。心中隱約期盼，或許有一天也會有人對他說「おめでとう」，就像作品的結局一般。

除了動漫，他還深深被太宰治的作品吸引，特別是《人間失格》。回憶起自己第一次讀這本書時，正值病情最嚴重的時期，那段時光無比痛苦卻也無比真實。書中的內容是一面鏡子，從中看到了精神層面與社會層面被拋棄的自己。那種感覺是「痛苦」且「無力」，像是面前只有一條通向毀滅的道路，而自己卻無法停止向那條路狂奔。

他輕聲問著：「你在嗎？」目光似乎穿透了眼前的一切，像是在尋找什麼。抬起頭，微微一笑，隨後又陷入沉思：「我看不見你，也感受不到你的存在……可是，她說你存在，只是我一直沒發現你而已。你是不是一直在看著我？在那個鳥籠中，靜靜地看著我吧。」

他的聲音有些遙遠，像是在與記憶深處的某個人對話。「還記得小六的時候嗎？那時，老師說我們是灰色的鴿子，被困在鳥籠裡。」他嘆了口氣，嘴角卻微微揚起，「我現在出來了，來到了外面的世界。外面的世界，有很多色彩。每個人都有屬於自己的顏色，甚至還有融合各種色彩的圈子，我也加入了一個。」

頓了一下，似乎在斟酌用詞。「但我知道，灰色的我們……本就應該與孤獨為伍，對吧？不過別擔心，這裡的人都很善良，他們願意接納我們。」

語調忽然柔和下來，帶著些許安慰的意味：「你應該還在想著小學那些事吧。別害怕，這裡再也沒有人會把你的東西藏起來，也不會有人嘲笑你的樣子。你聽到了嗎？她剛才怎麼評價我們的？她說我們是善良的啊。」他的眼中閃過一絲溫柔，「如此善良的你，不應該被欺負，也不應該被孤立。」

「還記得嗎？」他輕聲說，像是在喚醒某段塵封的記憶，「我們一起許下的願望——『我希望可以成為聖人。』現在想起來，真是有點荒謬，對吧？那時的我們，居然為自己設定了那麼高的標準……可是，我覺得你真的是啊。你很善良，也很溫柔。這樣的你，值得被愛，值得被珍惜。所以，別怕，好嗎？」

帶著些許愧疚：「這些年來，我一直把你隱藏起來，以為這樣能保護你。可是每當你試圖逃出那個鳥籠，卻摔傷時……我卻無法抱住你。最後，你將自己深深鎖在那裡，甚至拒絕任何人接近你，包括我。我很抱歉，真的很抱歉。」

他閉上眼，像是在與自己達成某種和解。「我知道對你來說，我已經信用破產了……但，再相信我一次，好嗎？」他的語氣中多了一絲堅定，「這一次，我不會再讓你摔傷。我會抱著你，帶你飛翔。」

他的聲音最後變得輕如耳語：「你還徘徊在小三的那個晚上吧？那個找不到鉛筆盒的夜晚……沒事的，我會等你，等到你準備好。這一次，我不會再拋下你。」

3

第三次諮商結束，他全身失去力氣，連維持最基本的坐姿都沒辦法。朋友跟他說要把握機會，因此他選擇了超出負荷的主題，直到中段變覺得全身脫力，這就是諮商師口中的「不舒服」吧。

這次的主題是「恐懼」，那些被埋在內心深處的恐懼，導致不適的恐懼在這一次的諮商中被他全部傾吐出來。他很害怕「被拋下」也很害怕「其他人對他失去期望」。人生中有幾次崩潰痛哭，起因都是感受到即將被拋棄的那種不安全感而產生的反應。或許是過去被霸凌過，他對於孤立無援的感覺感到很恐懼，很害怕會連最親的親人都不願意要他。為此，他願意做任何事情，成為他們心目中理想的他，只要他們願意，他可以做出任何事情。

他媽一直跟他說「你要為了自己而活」，坦白說，真的好難。如果他內心的自我跟他們理想中的自我不同，會不會讓他們失望。他內心那個理想的自我，或者是的自我到底是什麼樣子，他真的一點想法都沒有，更別說為了自己而活了。他足夠聰明也足夠敏銳，能夠察覺別人的期許，而他便會向前衝，毫無顧忌、奮不顧身地向前衝，儘管正在傷害他自己也不會停下。但這一切不能讓對方知道，他要顯得很從容，必須顯得很從容。如果不這麼做的話，對方對他的期望就會降低，到最後便會失去期望。

「你看著辦吧。」這是他最害怕聽到的話，話裡蘊含著失望與放棄，他並不想要被放棄，想要被需要，被某個人所需要。為此，他可以偽裝，裝作自己很好，裝作自己沒事。「沒事的」、「沒問題」跟「我很好」成為了他的口頭禪，也成為了他的催眠咒，不只催眠別人也催眠自己，彷彿只要講得夠久自己就會好起來一樣。聽說眼神不會騙人，內心所想都會反映在眼神上，他不知道他是否將他的哀傷藏得夠深；他不知道是否將勉強藏得夠隱密。是不是只要把難受藏起來，別人就會繼續對他抱著期望。

這次的諮商他哭了，情緒卻沒有潰堤。這件事情其實很好笑，從小被教育成除非有委屈，不然不能哭，所以在「哭」上活得異常克制。但上上禮拜打第一次紀錄時他哭了，那些眼淚包含著對他爸的抱歉跟自責，而這次的諮商他也哭了，眼淚中是難受，是這些年來勉強自己的證明，是這些年克制自己的成果。可笑的是，這次掉的眼淚還比上上禮拜少，好像就連哭這項權利他都將對方考慮在先。

坦白說，這次的諮商好像不是他在做的，而是內心深處的自我在做的。他只是無神地將話說出口，搞不好這就是起駕的感覺吧。

4

他……終於知道自己是個怎樣的人了。過去當他想到這個問題時，答案一直都是一片空白，不是純粹的全白，而是一片渾沌，每次想知道自己是誰時，他都得問朋友「你覺得他是個怎樣的人？」，從他們的回應裡找尋自我的形象，如同盲人般摸索。上禮拜天發生了某件事後，他終於找「我」這個名詞的基調了，是「善良」跟「溫柔」吧。總是將對方的感受擺得比他更加前面，比起自己的處境更關心對方的狀況，這對他來說就是「溫柔」的定義。這件事說起來有點羞恥，但他曾向上天許願「請讓所有人都獲得幸福，就算自己不會獲得幸福也沒關係」，說出這句話的他那時正因為外貌而被霸凌著，但曾許下這個心願的他應該也配稱得上「善良」吧。

只有沉重、壓抑的作品才會引起他靈魂的共鳴，其它的書雖然並非讀不下去，但總是讀得很疲憊，甚至有某種程度的厭煩。這個區別來自於他天賦的憂鬱吧。他曾經讀過一段話，雖然早已忘記出處，但大略意思是藝術家除了抽菸、喝酒外還存在著某種專屬於他們的憂鬱。雖說他不抽菸、也不喝酒，但他想他具有與他們相同的憂鬱，而這一切的不適只是這個天賦覺醒時的副作用，他也正努力將其克服。

”I Promise“這是他一直戴著的手環，也是他最喜歡的格言，但在這格言下是段自私的故事。這一直是他的壞習慣，習慣將他人的「期望」轉換成自己對他人的「承諾」，明明這兩個詞的定義並不一樣，卻自顧自地將其視為等價。自私地將額外的責任攬在自己身上，也將多餘的罪惡感轉嫁到他人身上，這已經成為無法擺脫的痼疾，想擺脫卻擺脫不掉，為他與他周圍的人帶來悲傷，但現在他想利用這個壞習慣，將「好起來」這個內心的期望，轉換成對現在的他的承諾，他想他也會以同等的拼命程度來回應這個承諾吧。

最後一個事件是近期他遇到最嚴重的事件，他接受治療後的所有改善在它面前不堪一擊，而他也差點因此離開這個世界。一件預定了一個學期的事情，因為輕描淡寫的一封郵件而全部都變了樣，就像最一開始的應許也開始於一封郵件一樣輕描淡寫。沒有備案、沒有回應、三個最要好的朋友因此面臨著決裂。為此，表現得很決絕也很殘忍，他知道對自己好本就天經地義，但從未想過要以傷害他們的方式成功也從未想過會在那種情境中學會殘忍。陷入強烈的焦慮以及自我厭惡中，儘管諮商師告訴他這不是他的錯，也沒必要為此擁有罪惡感，但一切的不確定仍舊將他推向深淵。望著桌上的藥袋，腦中產了一個單純的想法。兩個禮拜、一天兩次、總共20幾顆抗焦慮藥，是不是全部吞下去心就會平靜下來了呢？現在看來這個想法無疑是在自殺呢，但當時他的腦海的想法就是這麼單純。

後記嗎？他曾經抗拒過治療，他害怕他自己變得特別，也對走進諮商室的他感到懷疑「大家身上都背負著重擔，憑什麼我能尋求協助」，但一份講義的一句話讓他感動得想哭，它寫著「接受治療的人都是很努力的人」，他們在努力著，他也在努力著，他跟他們並沒有不同。當他從椅子上站起時他感受到上禮拜一樣的無力感，藥物無法抑制的焦慮，儘管他能平穩的交談，但生理上的疲憊感卻也讓他質疑他的表現。這條路究竟還有多遠，究竟還要走多久，他並不知道；他的自我究竟碎成多少塊，他並不知道。只能一直走下去，沿路拾起自我的殘片一片片的黏合回去，並祈求著自己能變好吧。

5

上禮拜五簽完專題單，他躺在床上，腦中突然回憶起國小的樂樂棒球比賽。那是四強賽，他打出了致勝安打，比賽結束後全班圍繞著他歡呼，突然間他從過去拔河比賽的拖油瓶變成了王牌打者。那是他第一次具體體會到別人對他的期望與他所背負的責任，因為在他人眼中他有著能力他變背負著相對應的責任。那也是他憧憬超級英雄的起因，並不是因為他們打敗壞人或力量強大，而是他們身上背負了常人所背負不起的責任。

他是個責任感異常強烈的人，甚至是對責任有著強烈渴求的人。這並不正常，但是什麼造就了這樣的他？是過去對英雄的臆想；是對他人讚許的渴求還是將權力交付出去的不安全感？他給不出答案，他感到害怕，害怕當他將事情交付給別人做時，他們會嫌棄；會害怕他會麻煩到他們；同時他也害怕最後的結果跟他預期的有所偏差。漸漸地，他習慣盡可能地負責所有事情，只在最小限度地麻煩別人。「我做得足夠多了嗎？」這是諮商後他所得出的問句，這個問題不能由他來回答，只能由與他合作的組員、他應該依賴的對象所回答。這是一種乞求，乞求對方給他肯定的答案，為他卸下這些年他擅自扛下的責任；這是一種渴求，渴求對方的讚賞與肯定。寫到這邊突然覺得可笑，前幾個禮拜還在喊著「我已經沒事了，可以聽從自己的聲音」的他，現在卻渴望著他人的認可，渴望到卑微的程度。

接著他又陷入了囈語的狀態，無意識地細數著第一次踏入諮商室到現在的轉變。眼睛不斷變焦，始終無法控制該對焦在哪裡，頭像是失去了支撐般搖晃著，「我該講些什麼？」這是當時的他該考慮的問題吧，但事實上他的嘴巴停不下來的複讀著這幾次諮商後他的轉變。恍惚間，他提到了這些好轉是否都是虛假的，是否又是某個他所做出的假象。「他願意相信你的好轉是真實發生的。」諮商師的話打斷了他的囈語，也將他的意識拉回了現實，但他卻也意識到更嚴重的問題。他做了什麼？他好像什麼都沒有改變，還是一樣得起床、上課、寫作業、每個禮拜固定來諮商。他想不起他究竟做了什麼改變，也想不起來他在哪方面有了好轉。突然，後頸傳來疼痛，他的指甲刺入他的後頸，身體細微地顫抖著說不出話，甚至連抬起頭都做不到。那是他最恐懼的事情，如果他連他的好轉都意識不到，是否就代表著他自己根本就沒好起來？

「你在否定著這些好轉，你並沒有把這些好轉當一回事所以記憶無法停留。」這是諮商師給出的答案。他在否定著正在好起來的自己？

或許是吧，「生病了」這個標籤使得他變得特殊，他受到了他過去所渴望的關愛。雖然這也使他感到難受，如死一般難受，但他卻認為用這些病痛來交換其他人的關注也值得了。高三時他得了輕鬱症，他並沒有進行規律的治療，不按時吃藥，諮商的狀況反倒讓他自己變得越來越糟，那時的病情為他的逃避找了一個完美的藉口，因此他並沒有打算治好它。或許現在的他也還抱持著樣的心態吧。

禮拜五時，他在恍神中寫了另一張便條紙。算是求救嗎？他也不是很確定，就只是單純的難受又噁心，便拿起筆跟紙亂寫一通，直到寫滿了整張紙後才真正回過神來。看到那是他的筆跡卻異常地潦草，他該感到安心嗎？又看到結尾處連續三個「應該要習慣吧」他不禁感到毛骨悚然，是什麼在他的腦中支配著當時的他，他還缺少了些什麼，那不像他，至少不像現在這個正在好轉的他，這樣的話它又是誰？

頭痛的頻率越來越頻繁，該怎麼辦呢，他的目標到底在哪裡呢，又或者說他會好到什麼程度呢？有沒有人可以告訴他，這條路的終點他會成為什麼樣子，終點前的景象又會長怎樣呢？

6

最後一次諮商，坦白說，從終點看向起點，他並沒有意識到自己真的有在好轉，反倒感覺自己的狀況變得更糟了。頭開始痛，又開始失眠了。雖說他變得更能夠接受他自己，但這一切的改變都發生得太快了，快到他自己都沒有反應過來，導致某一部份的自我正在離他遠去也說不定呢。

昨天才跟醫生講完他這一兩個禮拜又出現的頭痛跟失眠，醫生便猜到他最近又開始忙了。其實他自己也有猜到原因，只是他沒預期醫生會這麼快的猜到，就好像比他自己更了解他一樣。期中考週近在咫尺，又有一個報告接踵而至，有點應付不過來，自從接受治療後他一直遵循著醫生的話「你要想的是去適應現在的生活，讓自己的生活規律，而不是又逃回原來的樣子。」

他努力地將他的時間排得足夠規律，將自己所有可以用的時間拿來處理公事，或者說應該做的事。有次他跟朋友在吃飯聊到了事情的分類，不外乎就是「為什麼想做某件事」，當時他向他提了「報告」，他說那是因為「責任」，他向他提到「材力作業」，他也說那是「責任」。不巧地，這兩件事佔了他現在生活的全部，每天的日常不外乎起床、上課、回宿舍睡到下一堂上課、吃晚餐、寫報告、念書跟睡覺。這樣的生活雖然充實，但也讓他的精神接近緊繃，如果在這時再有一個小小的推力就會讓這個系統崩潰。

他有個痼疾，從高中就開始了，到現在都還治不好。他的情緒像是波動，在某些時候就像正常人，但在另一段時間卻會病態地憂鬱，就這樣來回往復。這個波動的頻率從原本兩個月一次、一個月一次到兩週一次甚至到一週一次，原本以為進入大學生活後這個問題就被解決了，但在他開始接受治療後他又回來了。他一直以為他是一種病、一種應該被根治的症狀，但這次諮商後他看到了另一種可能性「如果這是他的身體告訴他他很痛苦的訊號呢？」這是他沒有想過的可能，突然間有點難以理解這個推論，頭又開始痛了。好痛，他想講些什麼，他張口了卻講不出來，頭好痛……。

「讓我們暫停一下好了。」諮商師開口了，她注意到他緊抓著右手，不斷眨眼甩頭想擺脫頭痛，因此開口打斷他的思緒。在那時他無法理解為什麼，直到鬆開左手他下意識地緊壓著太陽穴想緩解頭痛。她帶著他閉上眼睛，從腳開始，去聽自己的身體想傳達給他的訊號。一開始的他還會無法控制地皺著眉頭，直到舒展了肩膀後他才算是比較放鬆了，配合幾個深呼吸，他的頭痛才終於消失了。

他不願將他內心的憂鬱告訴別人，甚至會覺得這個連載是件壞事，是件錯事，畢竟那終究是「他自己」的憂鬱，不應該讓其他人知道，不應該讓別人跟著他一起分擔這個責任。為此，他感到他自己很自私也覺得自己很狡猾，雖說「找別人吐苦水」是件正常不過的事情，但內心深處的他正牴觸著，也對正在這麼做的他給出了「罪惡感」這個懲罰。這是他在情緒上所謂的「區分地很清楚」，也將自己的內心壓迫地無法喘息。

「那……下週再見」欸？聽到諮商師這麼說的他一時沒反應過來，原來她願意再幫他預約下個六次再慢慢調整頻率，看來還有好長一段路要走呢。先這樣吧，趁麥當勞大杯飲料還在的時候，敬一個月的藥量、敬下一個六週、敬那個仍舊殘破的他。

第二段療程

1

他想說，他沒事，至少他會沒事，他會好好的不會讓你們擔心。他知道這樣做很危險，真的很危險，或許他又會像以前一樣被霸凌也說不定，但他從未感受過害怕。他很單純，單純到不適合在這個世界生存，或者用「愚蠢」來形容會更好。明明曾經被霸凌過卻依然如此相信著人性的善良，如此的他是如此的愚蠢，但好像生來便是如此，對別人毫無防備心。諮商師說這是「善良」跟「強大」，他也不是很清楚這是不是真實的他，只是覺得天生就會做出這樣的選擇。（抱著抱枕）

坦白說，他開始覺得自己變得疑神疑鬼。就像抱著抱枕的動作，究竟是他無意識地抱著它；還是他在防備著什麼；還是在演出防備著什麼的樣子，他分不出來。「先等等，去聽你自己的身體怎麼想，不要用腦袋想。」諮商師叫停了他。感覺很疲憊，想要找個東西可以依靠，這是身體想傳達給他的。她說，因為他的善良跟責任感讓自己太過勞累，所以才會有這樣的反應。他朋友說他活得「認真負責」，算是吧，至少他對其他人盡量做到認真負責。總是盡全力將事情辦好，如果跟他接觸會傷害到別人，也會識相地選擇避開。但對他自己呢？他把自己當作一個「資源」，一個可以被利用的客體，而不是一個有感受、有血有肉的主體，他對待自己的態度並不認真，至少沒有對待別人認真，對自己的感受也不夠負責。因此，他真的值得這樣的稱號嗎？他感到懷疑。

上次跟他的諮商師說好讓自己放鬆、想要好好打一場球，但最後他發現真正想要的好像意外地單純但卻好遙遠，「他好想痛快地哭一場」這變成了他最真切的願望，它來得好快、好突然，但好難達成。他知道情緒已經超過那個閾值，但哭不出來，甚至連嘶吼都做不到。就這樣度過了那個當下，如鯁在喉的不適感充斥著全身，又強迫將哀傷壓抑回去了，沒有傾聽，單純地壓抑回去，然後就可以裝作無事發生，繼續過著日常生活。他知道這並非是一個健康的作法，因為最後它終究會爆發，而且爆發時的強度會毀滅，但它已經成為他的本能了。

高中時他的書桌很亂，堆滿了教科書、參考書跟考卷。曾經有好幾次腦中閃過的想法是將他們全部從他的桌上掃落甚至是點一把火全部燒掉，因為它們並不是他所熱愛的東西，它們只是他的「責任」，但最後他都忍住了，或者說，它轉移出口了，從向外宣洩到最後向內反噬。是的，他得了輕鬱症。坦白說，如果沒有疫情，他可能還會去看幾次醫生，拿幾次藥，做幾次晤談，但他想症狀只會越來越嚴重，畢竟那份責任還是在。神奇的是，當他知道他要念大學時，他開始懷疑起自己是否有那個資格上大學。當他脫離那個壓力鍋，是否會墮落？那時的他只想再回到那個環境，那個只有讀書跟考試的環境，縱使他知道這樣子只會迎來崩潰，也不願意相信自己可以自律。其實父母親對他上大學後沒有什麼要求，只有告訴他要記得休息就好，不用追求一百分只要能過就好。但長期訓練下來，他已經不知道那個「能過就好」的標準究竟在哪裡了，只能拚盡全力才能讓自己安心。

那時諮商師有邀請他去另一間諮商室有舊雜誌可以發洩，但他拒絕了，感受不到那個讓他想要毀壞東西的情緒，也可能是他被教育得很克制，克制到他忘記那種感覺了。「哭」對他好像也是一樣，他從小被教育得不能隨便亂哭，最後他的眼淚只會因為擔心別人而流，而他自己就這樣被他自己遺忘。「為什麼你將哭跟撕壞東西劃分在正常的範圍之外？」這是諮商師對他的疑問。不知道為什麼，可能是教育的關係吧，不要將自己的情緒表露在外人面前，否則他們會擔心或者會傷到他們，最後導致了這樣麻木的自己吧。

他知道自己不是個瘋子，卻也不能被稱之為一個正常人。對於這件事情他有自知之明。很感謝某個人她還願意將他視作正常人看待，這個認可格外重要，不希望被差別對待，因為他知道那蘊含著「同情」或一種上對下才有的憐憫，那並不是他所希望的。也不希望他們覺得他辛苦了，因為這場仗還沒打完，還沒勝利，這樣會讓他鬆懈或覺得這樣就好，況且比他更加努力的人仍舊在努力著，他又有什麼資格收下那句「你辛苦了」呢？

結束時，頭又開始痛了。好像在抗拒著什麼一樣不受他的控制，眼神又開始無法對焦，還是不知道這個頭痛從何而來，或許是某個不為人知的人格也說不定呢。諮商師說他做得很好，靠著深呼吸去緩解情緒。也要慢慢地學會畫出自己心中的一把尺，知道自己做到什麼程度便是足夠的；也要讓自己不只一種宣洩情緒的方式，不再只有寫作，因為在不受控制的情緒面前語言將是無力的。慢慢地學習如何在不影響他人的狀態下去宣洩藏在自己內心的情緒，慢慢地一步一步來，慢慢地……慢慢地……。

2

當他決定將這個系列當作他作品集其中的一個重要部分後，他發現「紀錄」這件事變得簡單也變得困難。簡單是因為他不用再去在乎社群網站的字數上限，困難是因為這件事變得有重量，不再只屬於自己，而是必須用更為宏觀的、更認真的角度去審視、去對自己寫下的每個字負責。

他見識到自己的另一個面向，也是過去的他在壓抑的面向，「強欲」。他一直被他所壓抑的原因是因為他自認他「容易沉淪」。正因如此，「強欲」便是他所恐懼的對象，害怕被他自己的貪婪牽著鼻子走，為此刻意用自身的道德潔癖給予自己厭惡感與自責感，將其壓抑在內心的最深處。

上禮拜做了一場噩夢，一場影響極深的噩夢。他曾害怕被拋棄跟在別人眼中失去價值，而這兩大恐懼在那場夢被完美地演了出來，夢見了國小時的他被某個人拋下並被譴責為沒有價值，他的反應只有痛哭跟吶喊，但夢中的那個人並沒有因此轉身。這場夢似乎消耗了他當天全部的精神，像是在保護自己不要在夢中崩潰一樣，早上醒來後只覺得腦袋十分地暈，便又倒回去失去意識。儘管是當天清醒的時候，仍舊感到頭痛欲裂，像是有什麼在腦中爭奪著主導權一般，而他的意識也變得恍惚。最後為了快速壓制他的頭痛，他吃了比平常更多的肌肉鬆弛劑，但他的頭並沒有因此平靜，反倒把他的肉體也帶入了沼澤，搖搖晃晃地進了浴室，搖搖晃晃地唸完書，搖搖晃晃地過完了那一天，當天他究竟做了些什麼也沒了印象，只記得當天他睡了13個小時。

他提過自己有「畏避型人格」，但剝掉這層自我，會是什麼樣的人？這個禮拜的某一天，他偶然遇上它了，更具體來說，是在他腦中各個「面向」彼此鬥爭時悄然竄出牢籠的。當它出現時，感受到自己的內心在燃燒著，枯萎的枝芽再次燃起生命之火，溫暖地包裹著他、推動著他向前，義無反顧。被它驅使著，他翻開了課本，查閱著明明不會考的相關知識，向老師詢問更多更高程度的問題。那並非原本的他所會做出的舉動，因為那些舉動都是「毫無意義」的，他不會跟隨那位老師踏入他所研究的領域，但他仍舊想學得更多，想學得更深入，這與原本注重「效益」的他背道而馳。這就是所謂的「強欲」嗎？或許過去的他早已蠢蠢欲動了，當他想見到芥川龍之介書中的地獄變屏風的實體時，它便初現雛型，那時也曾在網上找過後人所描繪出的圖案，但都被他視作一種玷汙，後人的作品缺失了一種癲狂的美、一種不顧一切也要完成作品的強欲，因此後世的那些圖畫被那個強欲的他批評的一無是處。如果可以，很希望可以跟太宰治好好聊個天，甚至跟著他一起自殺都算是一種滿足，那是自我內心中萌發的慾望，對於那些文人的追求，正因為他無法成為他們、連與他們相見都作不到，這份慾望化作了絕望，每當他閱讀他們的作品時這種絕望便油然而生。

諮商師說「強欲」是個中性詞，可以是褒義的也可以是貶義的，像是「好學」、「認真」便是強欲的另一種說法。但，遺憾地，他配不上那些詞，那些詞只是和那些破釜沉舟的人，不論是天才還是地材都是如此，唯有拚盡一切的去渴望才配得上那些褒義的強欲。而他，並非拚盡一切，更甚至，他只是出於好玩而涉足那個領域，若將那些詞套用在他身上對那些勤學向上的人是種汙辱，因此當諮商師說出那兩個詞時只覺得羞愧難當。這份「強欲」是罪過，是基督教中七宗罪的一罪，而他卻對自己的罪過感到興奮甚至感到成癮，那個患有道德潔癖的他會為此感到憂鬱的吧。儘管如此仍舊享受著那個強欲的他去主宰他的行為，去念書、去看書、去思考，將自己所有的時間都交給他，就算那將會與他原先設下的目標背道而馳，他還是選擇給予他這個權利，因為那是他所熱愛的領域，滿足他，就相當於滿足那個飢渴的他，儘管這條道路的結尾將會是窮困潦倒。自他出現在眼前，他的內心便生成了一幅圖像，儘管它不存在這世上，但它應該會是一幅油彩畫，只有油彩畫才能負荷它所乘載的重量，請容他稍後再細細描繪那幅畫。

柏拉圖曾針對形上學有過一個著名的理論，那便是「理型論」。每個現實中存在的事物勢必有與之對應的理型存在，那是削去個體差異後完美的存在。而自從那個強欲的他出現後，他看了「他」的理型，在那幅圖畫中。儘管這樣敘述，但他仍舊對他的理型的真實面貌絲毫不瞭解，如一片灰濛濛的幻影盤踞在臉上，而在那團幻影下會顯現出什麼樣的表情，他一無所知。但就算不用確認長相，他也知道它便是他的理型，因為它散發出與他相同的氣息。那樣的自我就這樣屹立在前方，如此的自信與神聖，而現在的他只能在他面前卑微的跪下。但他的手向前伸出，想要接觸它，想要觸摸它，那怕是它身上的衣服也好，但隨著他的手向前一公分，它也隨之向前一公分，不論如何他就是無法觸及它，只能仰望。絕望、羨慕、欲求交織在一起，迫使他再次嘗試，但結果並無差異，之後不論嘗試多少次也沒有任何改變，並不是他不夠認真，而是某部分的他在阻止著他，那個它真的是他的理型嗎？還是因為它站得神聖而讓他誤認為它是那個完美的他，實際上卻是某個與他散發出相同氣息的惡魔呢？這樣的顧慮使他感到害怕，使得他走向了另一個方向，在已知的、安全的路徑上不斷來回折騰。

尼采主張他們要將過去的自己踐踏入泥土才能飛升成超人，夏目漱石也曾寫下「在精神上不思進取的對象，是笨蛋」等句子，甚至連這個世界的氛圍都強調著不斷精進，好像他也只能這樣順應時代潮流。因此，就算他心中圖像的它是惡魔還是他的理型，他都將成為它並且再次將它踩在腳下以此追求更高層次的自我。雖然他口頭如此說著，但實際究竟該怎麼做在他腦中沒有任何計畫，他仍舊仰視著它。「你不該讓某個部分主導你，那不叫做共識」他的諮商師提醒了他。是啊！他應該讓他的碎片整合起來，只有這樣他才能向前，才能稍微靠近那幅圖像中的理型，但具體應該怎麼做呢？每個自我正在角逐他這個肉身的主導權，甚至有些自我無法與其他自我同時出現，這樣的他真的能做到這個目標嗎？為此他抱著懷疑，但並沒有其他選擇留給他，在他面前只剩兩條路：崎嶇地向前或就此沉淪。他不信奉神，因為在他腦海中有一個更為具體且神聖的形象，但他仍舊禱告，僅此一次，請你告訴他未來將踏上怎樣的道路，要犧牲掉多少自我；要踐踏多少自我才能抵到達那個遙遠的彼方。

3

「想將這個過程出成作品集」這個念頭早已盤據在他的心中很久揮之不去了，但是原因呢？坦白說，他覺得這個原因很自私，因為他想出一本屬於自己的作品集，而他的諮商過程便是最好的素材。為此，他利用了他的朋友、他的醫生、他的諮商師以及他的老師將這份連載做成作品集，當他意識到這點時，感到深深的厭惡，原來是那麼的自私；原來他的人格是如此的卑劣呢。那個具有道德潔癖的他憤恨地責怪著自己，為自己的所作所為感到羞恥。但促使他說出那句「我想將自己的諮商過程出成作品集」的那個引發劑又是什麼呢？

「別人看完你的作品後給你什麼反應呢？」諮商師聽完他的懺悔後只問了這句話，他們說他很勇敢願意將最真實的自我公開在大眾的眼下；也有人說看完他的作品後感到想哭也願意以更正經的態度看待他所遇到的狀況；甚至有病友因為將這些過程寫下來而變得更加勇敢更願意將自己所遇到的狀況說出來。他知道他所做的事情很微小，畢竟他所寫下的只是個人經驗，但如果他所寫下的東西能影響到哪怕一兩個人，讓他們對他們更願意包容他便覺得很驕傲了。他本來就沒打算完成什麼大事業，只是他很開心他能為這個群體做一些事情。

「既然你這麼認為，那我覺得被利用也沒關係。」咦？諮商師拋出了他所沒想過的一句話。真的沒關係嗎？這畢竟是他們之間的隱私，就算如此也沒關係嗎？「你有寫我什麼不好的地方嗎？」沒有，他只是照實的記載下來。「那我覺得就沒關係，畢竟可以幫到其他人。」原來他所做的這一切都是可被接受也可以被包容。「你怎麼去界定『利用』、『求助』跟『善用資源』呢？」這是他的諮商師對他拋出最後一個也是最震撼的一個問題。沒有想過所謂的求助或善用資源，只覺得這樣一直麻煩別人的自己很骯髒而已。只想過要將一切扛在肩上，不能給別人帶給困擾，就算只是為了讓自己感受好一點也不能因此而麻煩別人。

自那個強欲的他登場後，他開始感到害怕，害怕那個貪婪的自己會不顧一切地去完成自己的慾望。並不了解自己，至少其他的他並不了解那個強欲的他，當他掌身體時，他並不知道會做出什麼樣的舉動。他開始對知識有著病態的追求，開始不論一切的去閱讀；不論一切的想要去體會書本中所提到的一切。不管是一幅不存在的畫還是一段對死亡的敘述都好，他想要親身體驗，他將理性的他壓抑下去，使得自己只受他的操控。這樣會邁向怎樣的未來，是好好活著還是就此迎來毀滅呢？

隨著這個問題，他的頭痛也變得越來越頻繁了。那是個短時間的抽痛，隨著無法對焦的眼神，他熟悉這個感覺，至少過去的他曾經歷過這樣的流程。每當主導自身的面向改變時都會伴隨著這個疼痛，他感受得到他們在身體中並沒有很好的融合在一起，甚至正相互敵視著。真是好笑呢，明明沒有人格分裂卻出現了人格轉換的症狀。他感受得出身體是一具空殼，而身體中有九名房客，至於表現在大家面前的是哪樣的他由哪個房客主導他的身體而決定。自從他看清了他自己的每個面向並試圖去理解他們後，他們彼此的爭奪變變得更加地強烈，最後也導致他頭痛的頻率也越來越高。

「你有沒有想過要分配每個面向的力量？」他能做到這件事情嗎？他只是一副空殼，並沒有權力決定他們的力量啊？「其實你有的，現在的你享受那個追求知識的回饋，所以你會更願意讓他出現。」是這樣嗎？每個面向的力量，聽起來真是沉重啊，他真的能勝任嗎？或者說，他必須得勝任吧。但該從何開始呢？他好害怕，描繪出了那個理想的自我，每個面向都有各自的分工，但世界不會這麼順利吧，至少如果真的這麼順利他就不會活得那麼痛苦了。好好活著嗎？好遙遠的目標啊，他甚至連將自己拼起來的能力都沒有怎麼談好好的活著呢？只能過一天算一天吧。

4

「呼吸，只要呼吸就好。吸氣……吐氣……保持這樣就好，這樣就能活下去，其他的都別管了，只要呼吸就好……。」「活下去、活下去、活下去。」禮拜三，從診所走向國父紀念館站的途中搖搖晃晃的他手上握著剛拿的藥。奇怪，他也只是一天沒吃離憂，怎麼頭這麼暈呢？腦中的聲音還沒散去。不行，它們如果消失了，他就會倒在回宿舍的路上，還看得到路，應該沒問題。「這三種晚上吃，其他的早晚一次。」想起剛剛藥師拿藥給他時，離憂的藥袋上印著「勿自行停藥」。原來如此，終於啊，他也藥物成癮了嗎？逃不開的宿命，早在第一次看診就注定了。越來越不舒服了，頭好暈好想吐，他該現在吃嗎？還是睡前再吃？不行，睡前再吃吧，他還能讀點書，他還是清醒的。只要呼吸就好，只要能呼吸就活得下去，只要有呼吸……。

「呼吸，只要呼吸就好，只要記得呼吸……」隔天，他坐在材料力學教室，默背著下午高分子期中的單體「PE 聚乙烯、PP 聚丙烯、PVC 聚氯乙烯……」突然間，觸控筆懸停在平板上方遲遲無法下筆，他知道有東西要來。它來了，而且很快！他閉上眼睛，深吸一口氣再慢慢吐出。沒有用，它還是來了。呼吸頻率越來越快，身體也隨著呼吸輕微晃動。「你氣喘嗎？」旁邊的同學擔心地問。口罩下的嘴巴張到最大卻好像吸不到任何空氣。『好安靜，腦中的聲音消失了，老師在哪裡，前面嗎？還是後面？』他還在想辦法呼吸，換氣的頻率越來越快，呼吸越來越淺。停下來了，他一頭栽在桌上，原來紊亂的呼吸也慢慢恢復正常，只是他知道它沒有走，它還在心中，剛剛的場景還會再重演，只要一點微不足道的火苗就會爆發。

「你曾經說過過去的你也經歷過恐慌的發作，那這次跟過去有什麼共通點呢？」諮商師聽完問了他這個問題。的確，他過去確實也被恐慌的症狀所困擾，但大多數的場景早已想不起來了，或許是單純地遺忘了也有可能是被大腦刻意隱避來保護自己。「我想……沒有吧。」過去的他被指考的倒數天數追著跑，同時還必須面對聲音時大時小又叫又跳如猴一般的補習班老師，但這次僅僅是在安靜的教室裡便發作了。過去還能夠跟自己對話嘗試讓自己穩定下來，這次卻在對話的過程中與自己的意識斷開了聯絡。他看不到除了生理反應外，這次跟過去有任何相似之處，甚至現在他的條件還比過去好，他正在接受著治療，理應慢慢好起來才對啊。

「當恐慌發作時，言語會失去作用，只能用感官讓自己冷靜下來。」這是諮商師給他的建議。或許吧，當時恐慌發作後他問了有過相同症狀的朋友，他說過多呼吸新鮮空氣會好一點。但疫情以及容貌焦慮使他摘不掉口罩，他甚至不覺得它能真正的幫助到他，空氣灌入他的肺中，不，它沒有真正的抵達他的肺，他只是做了一個呼吸的動作，並沒有真正的幫到他。「還有其他的嗎？聽覺？視覺？味覺？」是的，的確有那麼一首音樂，不，不能說是音樂而是一段伴隨著鋼琴聲的雨天白噪音。顫抖地從書包裡拿出手機，當時的他感受到一陣輕微的焦慮或恐慌但他還扛得住，應該說，從一開始的整段對話他都沉浸在那股輕微的焦慮中，往過去晤談的狀況慢慢重疊。點開了那段過去習慣拿來助眠的音樂，將它開到足夠大聲，感受到那股焦慮正在退潮，慢慢地感受到平靜重新回到他的身邊，慢慢地感受到世界安靜了下來，或許那真的是屬於他的解法吧，至少可以緩解一下。

他開始對萬物感到無趣，對他而言活著跟死亡在天平上是對等的，它們僅僅只是代表了所處在的一種狀態，它們彼此的吸引力甚至比不上對書上看到的一幅畫的執著或者是小說中描寫吞藥自殺的情節。儘管他知道那幅畫並不存在，但就是十分渴望見證那幅畫的原畫，所有的畫師嘗試著還原那幅畫的樣貌，但他對所有的仿畫感到噁心、感到醜陋，甚至十分抗拒。對於書中描寫的吞藥自殺也感到十分的好奇，正因為他也在服用小說中提到的藥，他更對小說中所述說的體驗感到好奇，不管這次的體驗會不會傷害到他自己，但他就是想嘗試，想嘗試，止不住的好奇。

「那為什麼你沒有做呢？是那個膽小的自己在阻止你嗎？」諮商師問了他最關鍵的問題。為什麼沒有做呢？不，他的內在沒有任何人在阻止，至少過去阻止服藥過量的自己現在已經不見了。啊，他想起來了，因為他沒有小說中那麼多的藥量，就是這麼一個荒謬的理由阻止了他從自殺中救回來，但如果有了那樣的外在條件，或許會做的吧？「你只是單純的好奇嗎？還是有什麼其他的原因呢？」不，只是單純的好奇而已，他也很想知道網路上關於「瀕死體驗」的感覺，但他還有想看的書還沒看完，因此現在還不能出事。當他看完了所有他想看的書後，「活著」便只是一種狀態，一個普通的時間函數。「活著」跟「死亡」變得沒有區別。

「我記得你不會挑選知識的種類，有很多書都寫過關於『存在』或者『瀕死體驗』的書。在你找到活下去的意義前，繼續攝取你渴望的知識就是你活下去的意義。」諮商師為他總結了這次諮商的結果。是啊，他看不到未來，長遠的未來，找不到降生在這世上的最終意義，但他知道現在想看更多的書；想學更多的知識。那就先這樣吧，在這還看得到事物的生的世界，他還有知識正誘惑著他，比起那完全虛無的死亡，活著對他的價值好像更高。在他心中，天平似乎朝著「活下去」輕輕地傾斜下去。當晚洗完澡後，抱著換洗衣物從浴室走回寢室的途中下意識地緊咬右手虎口，咬到齒痕泛白，若他的牙齒尖一點便會流血吧，這可不是好行為而是過去恐慌時安撫自己的自殘行為。他知道，早上的它回來找他了。已經忘了怎麼吹乾頭髮的，他跌跌撞撞地戴上耳機播放著早前諮商師說可以帶給他平靜的白噪音。站在流理台前往牙刷擠上牙膏，不對，它還沒走，它來了。嘴唇微微顫抖，手好冰，好害怕，有甚麼從眼睛掉下來。哭了，原本撐著身體的雙手變得無力。他蹲在地上哭嚎著，止不住眼淚也聽不到任何聲音，明明沒有任何傷心事發生啊，但他就是止不住。「你沒事吧？」室友叫了他『不好，我好害怕，我真的好怕』他想喊出來，但什麼聲音都發不出來，只有哭聲。最後，哭累了，這場不知從何而起的鬧劇結束了，從地上站起，看著鏡中哭到眼睛發紅的自己，簡單刷完牙後，吃了藥，躺在床上。他好累，真的真的好累，怎麼突然這樣，他會好嗎？此時，天平開始晃動，一直晃動，晃動……。

5

「如果……我說我認真地想自殺，我會怎麼樣呢？」這是這次諮商所說的第一句話，如同牙牙學語的幼兒吐出的第一句話一樣震撼，但其中生的喜悅被死的冷淡代替掉了。「在最緊急的狀況下，我會連絡社會局，會有很多人幫你度過那段時期。」從諮商師得出的答案，不知道這個答案是不是他願意聽到的答案，也不知道究竟希望得到怎樣的回應，只要別把所愛的人牽扯進來就好了，其他的都是其次。在確定了問題的答案後，開始了這次關於「死亡」與「生命意義」的對話。

他簡單的敘述了上次諮商後遇上了情緒崩潰的過程，自那之後清楚地感覺到他對死亡的慾望正在增長著。若過去「活下去」跟「死亡」在天平上保持著一種平衡，它們兩者都不是他最優先所追求的事物，它們彼此也沒有任何的優先級。但這個平衡在上個禮拜四被打破了，他開始感覺到負面的情緒開始累積，壓著他，迫使他朝著死亡的路程推了一段。當他所追求的事物消逝後，或許他便會踏上死亡的那條路吧。過去他曾經跟諮商師提到他對服藥自殺抱持的好奇很安全，因為那時的他只是想體驗那種感覺。他想他是錯的，它的確是好奇，他好奇著另一種死法的體驗，但「安全」並不在他的考慮範圍內，他始終都是個習慣準備備案的人，甚至連求死這件事也仍然保留備案呢，真是改不掉的壞習慣呢。

他很瘦，如果有見過他本人的話就會知道這件事。看得到心臟在他的皮膚下跳動，它跳得是如此的用力，它是如此地想要活下去，而他的腦中卻在想著該如何去死，總感覺對不起它呢。他從過去就想過該怎麼死了，它要足夠特殊，要確保一定會死而且無法被救活。當他看著自己乾癟的軀幹以及規律跳動的皮膚，一個恐怖的想法湧入他的腦海，那個正在跳動的位置便是他的心臟，只要一把水果刀朝它刺下去再抽出來便會大失血，連被救活的可能性都沒有。大失血、穿刺傷、又無法接受CPR，最後迎來的便是無法回復的死亡。這便是他腦海中完美無缺的計畫。他是個受過專業訓練的急救員，因此他知道不同的創傷可以被如何搶救回來，唯有這個方法連止血的可能性都沒有。

「你有活下去的理由嗎？」諮商師問了這個問題，好像每次提到自殺的議題便免不了遇到了這個問題。是的，他有，他的確有活下去的理由。他活下去的理由便是你們手中捧著的這本書，至少目前的他所想的比過去單純很多，就是將這本書完成，在完成前都不會選擇死亡，但完成後的世界他便不能預測。「那這本書預計何時結束呢？」諮商師又問了完成的期限。「預計結案以後，再做一些美術設計後，接下來就『結束了』。」「你說『結束了』？」諮商師敏銳地捕捉到用詞的不自然，甚至連這種細小的差異都被捕捉到了。是的，「結束了」，他想這部作品會變成遺作吧，儘管還想再出一本攝影集，但總感覺那是個遙遠的未來，遙遠到彷彿是在另外一個世界一樣。

「你有活下去的方向嗎？」諮商師也問了這個問題。坦白說，他有，雖然時常喊著想死，但內心中對活著的方向跟意義其實了然於心吧。他想救人，真的好想好想救人，這個念頭從過去就一直埋在心中，也曾為此奮鬥過。因此，他成為了急救員，也成為了防災士。但背後隱藏著很深很深的自卑跟對自己的厭惡，他希望他的這條生命奉獻在救人的途中，也就是他希望他能在救活某個人後死掉。正因為他的生命沒有價值，因此希望可以犧牲換得另一個人活下去的機會，甚至用「犧牲」都太過抬舉他了，只是厭倦了活著而將這個機會讓給別人而已。抱著這種輕浮的心態不禁讓他懷疑自己是不是真的有這個資格握有那些證照，是否真的有那個資格去救人呢？儘管如此，他也預計好在大學畢業後去接受EMT–1的培訓並成為一名真正有資格救人的救護員吧，或許當他接觸過更多生的慾望後也會被此所感染吧。

「你說過以前是為了父母的期望而活，你自己希望為了回應自己的期待而活著，那現在呢？」他不知道，坦白說，他不知道。他知道自己曾經希望好起來，只是這一周所發生的恐慌與崩潰讓他開始懷疑自己的期待是否想得太多了呢，或許那個期待最後只會淪為空想而已，甚至上一段所提到未來的規劃也是建立在他能成功活下去的前提。他只知道現在好累，不確定是感冒引起的疲倦還是新藥的副作用或是他已經對「活著」感到疲憊了。反正不管怎麼模擬最後都只能模擬出失敗的結局，索性放棄去思考過於遙遠的未來，諷刺的是，當他真的想要去看到未來會邁向何方時，他卻發現看不到未來，連中程的未來都無

法預測，這個真相讓他感到恐懼與絕望，或許他的生命也將停在他所無法預測的那個瞬間吧

「活下去吧。」這句話還是時不時在他腦中徘徊，它是個不受他控制的魅影，或許是那個希望他可以活下去的自己在吶喊，但那份疲憊跟恐慌也是貨真價實的。他能理解其他人活下去的理由但卻無法將其套用在自己身上，他知道選擇活下去必須得背負那些恐慌與疲憊，而選擇死亡也太過簡單了，但他卻想再等一等，再等哪怕一秒鐘也好。「下一次的諮商療程……我想還是得維持每週一次的頻率呢。」他對諮商師提出了這個請求，明明說好好轉就可以將頻率慢慢降低，但始終見不到好轉的跡象，就算有那麼一絲希望也在幾天後突然惡化。這個要求對他的症狀來說應該不為過，但他在說出這句話時卻感受到一絲的罪惡感。是啊，這個罪惡感的根源就是這本書，只要他不停止諮商他就會繼

續寫下去，而他也有了繼續活下去的理由了。好起來吧，越快越好，只要好起來就沒問題，只能這樣跟自己說，畢竟想自殺的這個想法好像也沒有什麼更好的辦法，只要好起來一切都會回歸軌道的，只能繼續這樣跟自己講，總有一天這件事情會成為現實的。

6

「向下位移除以原本的長度就是應變量……。」週三，為了隔天的材力期中考做著最後的準備，刷著第三遍的例題，一切本應如此的絲滑且平常。直到某個瞬間的到來，他無法定焦在題目的英文字或題目的配圖上，呼吸紊亂了，耳機中的歌仍舊播著，也還可以聽到歌聲，他抱著頭告訴自己「沒事的，只要好好呼吸就好，很快就能過去的」。但它還在等著，就只是等著。

「不要過來！」一個瞬間，只有一個瞬間，他的腦中閃過了這個聲音，並不是他的嗓音，而是一個女孩的聲音。他也清楚地感應到在閉上眼的黑暗中，右前方有某個東西，看不清它是什麼，但他的身體對它卻十分的畏懼，當那個小女孩喊出那句話後，他的手抱得更緊了，他的身體也蜷縮得更像一顆球。

「再……給我一點時間。」等到身體調整成可以寫題目的狀態後，他再一次跟預支了一段時間，迅速地解決了最後兩題。吃了睡前的藥後便躺在床上，等待他進入夢鄉，他知道恐慌還沒過但只要睡著就不用擔心了吧？

「殺了他！」「救他！」正當他躺在床上等到贊安諾帶走他的意識時，他的腦中又出現兩個不屬於他的聲音。他們是典型的雙生子，同時誕生也同時消失，但他們的話語卻使他從床上彈起。腦中一片混亂，根本沒辦法好好冷靜下來，腦中過去將考卷參考書全部破壞的慾望又湧上來了，看著手中的抱枕，他無法用力地將它擲出，只能輕輕拋到床的另一頭。「完全……沒用呢。」他苦笑著又將它撿了回來，希望明天一切沒事吧，抱著這樣的擔憂跟恐慌他昏睡到隔天。

翌日，當他拿到考卷時，他預期中的平靜沒有發生，反倒是昨晚的恐慌仍在持續著，在腦海中盤旋著。不能再像過去那樣流暢的讀完題目，甚至連按計算機的手指都在微微顫抖著，時不時會按錯鍵。用了大多數的力氣填完了考卷，再回頭看第一題時卻看不懂自己的算式代表著什麼，這樣的混亂又讓他的狀況變得更為糟糕，只能簡單地看完算式後便草草交卷。

「你要交卷了嗎？」監考老師問了這個問題，他讀不出他這句話的情緒。

「……是。」腦中一片混亂的他呆立了幾秒後才給出回應，並走回座位收拾東西逃出試場。「接下來呢？我該去哪裡？」他蹲在門口思考接下來的去處，身體仍在恐懼著，那份恐慌也還沒過去，甚至連「思考」這件事都困難重重。「如果緊急的話可以去找諮輔組的個管老師。」想起來上禮拜諮商師跟他說過的話，他便匆匆地趕往了學務處，與老師的交涉過程異常辛苦，他發現他失去了大部分的語言以及思考能力，只能靠他們盡可能解讀他的需求，個管老師簡單的將他安置在其中一間諮商室後，便讓他在裡面好好地休息。聽著習慣的雨天白噪音，手中的抱枕被他緊緊地抱著，他的內心也慢慢沉了下來，腦中吵雜的聲音也變得安靜，只剩下耳機裡傳來雨聲伴隨著鋼琴聲。「終於度過了，下一步呢？」看來非得再回診一次才行，目前的他撐不到下次的回診。當晚的諮商他有一半的時間都在哭，哭得撕心裂肺，像是將過去所有的焦慮恐慌跟委屈都哭出來一樣。

「如果……如果，我真的好不了，你們會不會放棄我？」這是他進諮商室後跟諮商師說的第一句話。他很害怕，已經過了半個學期，狀況卻一直在惡化，他不知道該怎麼辦，更何況他的用藥已經穩定了，不應該再有更多的症狀了不是嗎？為什麼他就是跟別人不一樣？為什麼一直好不起來？所有所有的問題濃縮成每一顆淚珠從他的眼睛滴下，他已經不記得確切講了些什麼，他只知道他一直哭一直哭，就算真的能用言語傳達出他想傳達的內容，他也很明顯地感覺到要將每個單詞結合成一句完整的句子變得比過去更加困難。不只是在對話上，連從外界接收資訊的能力也正在下滑，而且可以明顯地感受到力不從心。

「你腦中的能量是固定的。它會優先將能量分配給處理情緒的位置，所以你才會感覺力不從心。」這是這次諮商他少數能記起的回應，他感到困惑，也感到無法接受，他無法支配他的情緒，這使得他感到無力。尤其是在恐慌好發的狀態下，他會失去自主生活的能力，這樣的未來也令他感到恐懼。「今天你能好好休息吧？」「應該可以。」他說了謊，他還有一份作業還沒開始寫，等到寫完再休息應該也不遲吧。

「最後……我想提一件小事，期中考的成績公布了，除了日文，其他都超過九十分。」他啜泣著說出了這件小事，想跟諮商師提起這件事的原因很單純，當天他走往圖書館的路上，他想著父親應該也看到高分子導論的成績吧，他怎麼什麼都沒說呢？果然他還是想要被稱讚的，剝掉所有的標籤跟盔甲，他的內心還只是一個渴望被稱讚的小孩子，只要願意開口跟他說句「你好厲害」他可能就會因此而滿足了。所以他向諮商師講出了這件事情，只有她會毫不猶豫地稱讚他，或許她的稱讚可以代替他父親的稱讚也說不定呢。「你很厲害欸！」果然，她稱讚了他，他感到好開心，但為什麼，眼淚止不住的滴下來，他真的真的好開心，他感到努力都值得了，雖然在心中還是比不上他父親給他的肯定，但這樣就夠了吧，他也該學會知足吧。

「我會陪著你度過的。」這是這次諮商結束後，諮商師對他今天問的第一個問題給出的答案，他可以信任她的吧，他會沒事的吧，她會接住這個正在墜落的他吧。

回到宿舍，看著平板上的作業，淚水又止不住的流下來，甚至連聲音都壓抑不住，他抱著他的手坐在他的桌前哭著，為什麼而哭呢？他也不知道，只是想哭而已。此時，唯一留下來的室友遞上了一杯熱可可，卻連謝謝都沒能力說。當他的情緒穩定後，他將那杯熱可可原封不動的還給他，並在他身邊坐了下來，想在角落休息一會，腦中卻想起諮商師不願意放棄他的誓言，情緒又再次潰堤，在地上又哭了半個小時才終於好了起來。啜飲著室友堅持給他的熱可可，他的內心也終於回歸平靜了，至少好好地將這次的作業寫完了。他很謝謝他們，在情緒崩潰時並沒有對他冷眼旁觀，還是對他們感到抱歉，他不知道未來還要經歷多少次的情緒崩潰，他會給他們帶來很大的困擾吧。

第三段療程

1

「我希望被當作恐慌症或憂鬱症的患者治療。」週五，他臨時去回診，他向醫生提出了這個不講理的要求。「為什麼你會這麼想？這樣做對你有什麼好處嗎？」醫生也對他的要求感到疑惑。不，這樣的要求對他來說一點好處都沒有，但他清楚地知道他病了，那份恐慌跟憂鬱以及出現在腦中的聲音都不是正常人會有的反應對吧？最後醫生終於告訴了他的診斷，「廣泛性焦慮症」，一種很常見的焦慮症，果然，他跟其他人是一樣的，確信了這件事的他感到安心。

他並不特別，他只是比其他人再嚴重一點點而已，並沒有什麼大不了的。

他清楚地感受到他的大腦正在慢慢地變得遲鈍，這就是醫生口中的四個時期的第三期嗎？漸漸地感受到自己接不住正在墜落的自己，他很不甘心也很恐懼。他曾經以敏捷的思緒自豪，現在卻必須緩過神來給自己幾秒鐘的時間去分辨出過去顯而易見的事實，甚至每早起床都會對今天禮拜幾的這種小問題感到困惑。但比起不甘心，恐懼佔去了更多的感受，否注定要走向那個憂鬱的時期，當那個時期到來時，他會是怎樣的人呢？會真正成為一個憂鬱症患者嗎？當他再也接不住墜落的自己時，誰會出現代替他接住他呢？還是他會這樣慢慢墜落直到漩渦的最深處無法自拔呢？

這次走入諮商是他感到與過去不同的不安全感。對他來說，那個空間已經不再安全了，在其中他感受到前所未有的赤裸感。他清楚地知道原因，因為他曾在那個環境中崩潰過，自此之後他將那個空間視作「不潔」的而從內心感到焦慮。

他抱著抱枕，大口的喘著氣。「我……上禮拜五……去找過醫生了。」這麼一句簡單的話被焦慮切割成好幾塊，才能成功地說出口。而諮商師只是靜靜地聽著，他知道這是她的職責所在，她也知道他還有話想對她說，所以她也在等著。但他呼吸的頻率逐漸加速，手中的抱枕也抱得越來越緊，全身開始蜷縮起來，在這個狀態下別說是說話了，連抬起頭對他都必須花上許多力氣。「請你幫我做一件事情，吸一口氣，然後再用嘴巴慢慢吐出來。」這時諮商師開口了，語氣的平穩與他恐慌的表現形成巨大的反差。他照做了，一次、兩次、三次後，緊抱著抱枕的手沒有鬆開，但他的頭抬起來了，呼吸依舊帶有一點紊亂，但已經可以好好地將腦還中的想法說出口了。

「我感受得出來……對我來說這個環境已經不安全了。」這是他緩過來後對諮商師說的第一句話，因為包裹在全身的盔甲被脫下後失去了以往能夠依賴的事物所產生出的不安全感。開始有點後悔在上次的結尾向她提起了他的期中考成績，儘管她的稱讚某種程度上彌補了他對他父親稱讚的渴望，但也將他內心那個柔弱的小男孩展示在她的面前。過去的他都將「渴望認同」的願望埋在心中，每次的考試結束後，那份願望都會比過去再成長一點點。直到這次得到她發自真心地稱讚後，他才意識到過去將這份願望壓得有多深；他才意識到過去為了隱藏這份願望穿上了多少的偽裝。隨著那些偽裝在上次的諮商被脫去後，那個真正的他才第一次顯現在她面前。

「上次的諮商讓我看到了真正的你。過去的我看你好像隔著一層迷霧，要用猜的才能知道你的真實想法。」諮商師聽完他因為諮商所帶來的不安全感後，給出了這樣的回應。挺窩心的，至少過去的那些諮商並沒有被白白浪費掉。他曾經以為真實的他是害怕別人對他感到失望的，但他錯了，他渴望被認同，渴望到被其他人的想法所支配。至於其他的一切，他一概不在乎，只要他所重視的人能夠稱讚他就好了。就像週五醫生所說的「我不是希望你只有一個面向好就好了，而是每個面向都要被照顧到。」他還是被綁在過去的枷鎖無法逃離，畢竟這需要時間才能達成的吧。

「哐啷！」身後的時鐘突然滑落砸在地上，諮商師與他都被這聲巨響嚇到。「你還好嗎？」在他還沒反應過來時，諮商師已經起身處理那個掉在地上的時鐘並詢問他的狀況。「我……我沒事。」他還沒從剛剛的驚嚇中緩過來，只能恍惚地應聲。幸虧那一聲異響，他徹底從焦慮的情緒中抽離，可以好好正視諮商師，也終於能夠順利地講出話。

自諮商室回到宿舍後，他感受到深深的無力感，他想應該就是醫生所說的「無法將自己接住」的狀態吧。那種沉重的厭惡感掐著他的心臟使他又開始喘不過氣來，在床上躺了一會也沒有任何的改善，藏在內心深處對這個世界的絕望又在他的腦海中蠢蠢欲動。當他閉上眼，閃過他腦中的畫面都是過去曾經自殘的瞬間，他躺在床上不禁在想「是不是再一次用美工刀向自己的手腕劃下去後，那些恐慌跟擔憂就都會消失呢？」伴隨這個恐怖的念頭出現的是另一幅畫面，是當他割腕之後，他拿著三角巾為他自己的傷口包紮的畫面，那是身為一個急救員的專業素養，一個又一個熟悉的包紮方法在腦海閃過，他知道他死不了，因為當他打算這麼做時，另一個自己又會出現將他救回。

2

「你腦海中的聲音跟畫面有減少嗎？」週三回診時醫生問了他這個問題。「有。」他輕輕地點了一下頭。「那我就更確定你有好轉了。」醫生似乎對他的回答非常滿意，並且將他具有鎮靜作用的藥都減少了用量。而他卻對醫生的決定感到緊張。「我好轉了嗎？就這樣，好轉了嗎？」他的內心除了懷疑以外還誕生另一種超乎他預期的擔憂。「我好轉了，然後呢？我真的想好起來嗎？」這個問題一直困擾著他，一直一直縈繞在他的心中。「失去它，我是什麼？」

「為什麼你不想好起來？」諮商師聽完他的問題後這樣反問了他。「我覺得在生病時，他得到了更多的關心跟溫暖。」他顫巍巍地回話，深怕這荒唐的答案會引來一陣批評，但令他感到驚訝的是她的表情並沒有產生變化反倒更認真地聽他的敘述。

他很渴望得到關心跟溫暖沒錯，但同樣他也為此感到害怕，害怕著沒有來由的關心。這是從小訓練到大的反射，因為過去的他獲得的關心大部分都源自於成績的下滑，而他也為此捏造了許多謊言來搪塞那些關心。但他的內心仍舊背負著罪惡感，只有用「他的狀態不好」來安撫著自己，才能抵銷他所承受的罪惡感。

「我真的很心疼你，很想抱你一下。」這是他母親前幾天傳給他的訊息，在看到訊息的當下他感到十分的不捨，因為從言詞中他讀出了那若有似無的自責的味道。他很想說，這不是誰的錯，他們大家都沒錯，它從出生開始便在他的身體裡了，它只是出來了而已，並沒有什麼大不了的。但其實這算是自作自受吧，他將他自己逼得那麼緊，最後的爆發才會因此傷害到他，這份代價應該由他來承擔才對。

他無法想像好起來的世界，或者說，他希望可以一直這樣生病下去。對他來說，這個病已經成為了他的保護傘，雖然知道生病很痛苦，他卻無法真正下定決心去治好它，甚至到它痊癒的前一刻還感到後悔。或許他的身體已經好轉，但內心卻還是殘缺的吧，正是這一份殘缺讓他感受到他自己活著卻也將他自己折磨到不想活著。

「其實你還是有好起來的時候吧。」諮商師這樣對他說。的確，國中時的他沒有生病，但那時的他都會刻意在補習班多待一陣子，因為他在補習班感受到的溫暖跟快樂比在家裡還要多。坦白說，挺諷刺的，明明只是因為成績跟錢而聚集在一起的一群人，他卻找到比血緣之親更加濃厚的溫情。儘管如此，也足夠證明的確有人願意在他沒有生病時關心他，在這場論戰中他並沒有站得住腳的論點。

「在前幾次我終於清楚地知道你的壓力來源是考試，而你也很希望你的家人可以認可你。」每次聽到這句話，他都會感到眼眶一熱，眼淚就會湧出一樣。「我知道，只是接下來就是期末考了，再撐一下就可以休息了，只剩最後一點路了。」這是他最後的回答，下一段路便是期末考月了，必須得做些什麼，就算崩潰也好，也必須要撐下去。「如果你選擇撐下去的話，我會陪著你一起度過的。」他還是很感謝諮商師願意這樣子陪著他，雖然狀況一直時好時壞，但她卻一直陪在他身邊。

他不知道自己究竟好轉到什麼程度，是否真像醫生所說的那麼樂觀。他感受不出好轉，儘管腦海中不會再出現其他的聲音了，但在他寫下這篇記錄的早上他才經歷過一次嚴重的恐慌發作，因此他很難說服自己真的好起來了，更不願意相信自己真的好得如此順利。

3

「對自己有要求是好事，但要求不能成為苛求。」這是他這次諮商後記得最清楚的一句話。

坦白說，他真的好累，學校進入了期末考週，也有好多的科目要唸，還有好多事情還沒做完，不安全感隨著考試的日期逐漸逼近他的內心。他好害怕，害怕著自己做得還不夠多，因此他拿起了紙筆，不斷抄寫著公式的推導，一遍又一遍，直到0.5的藍筆筆跡佔滿了整張B5大小的紙，繼續，翻面或換一張紙，只要不停下他就不會看到那些令他噁心的字跡。又開始跟自己對話，不斷地跟著自己說「保持清醒就好了」，不知不覺間他對他自己的要求已經降到這種程度了嗎？還是說，他已經到達極限了，連要維持最基本的清醒都快做不到了呢？

當延性材料拉伸到塑性變形後，在釋放應力後下一次便能承受更多的應力。這是他大一上在材料科學學到的一種強化材料性質的方式，他想他對待他自己的方式跟這個方式有異曲同工之妙吧。不斷地逼迫著自己，直到自己承受不住崩潰後便讓自己放鬆，下一次便可以承受更多的壓力。這是個很不健康的方法，但他拿捏不出什麼樣的準備對他來說是「充足」的，只能這樣讓自己知道什麼時候可以好好休息了。儘管如此，他有預感這次可能就是終點了吧，就快要到達極限了，連最後一條路都快走不完了，就這樣，將一切都放棄，就可以解脫了吧？

「很累了吧。」他又開始跟他自己講話了。

他一直渴望別人的稱讚，一直都忘記了一個人。他一直遺忘了他自己的感受。比起得到別人的稱讚，他對自己的認可是否更有價值呢？他從未在他心中真正認可他自己，從國小開始他就一直被擺在成績單上跟別人相互比較，就這樣慢慢養成了習慣，到最後儘管沒人要求他自己，他也還是會跟別人相互比較。當別人都在努力時，也不能鬆懈；當別人在玩的時候，也在努力著，早已放不下那可悲的執著，就這樣一直將自己一直往前推，去追尋著那抽象的目標，永遠都還差了「一段距離」。就這樣，對自己的要求變成了苛求，只因為無法放下追隨著那些在他眼中比他更認真的幻影。

想要好好睡一覺，一路從晚上一直睡到隔天中午該多好啊。自從醫生調整了他的藥量，他總是醒的特別早，每當他從睡夢中醒來後，那些焦慮感便開始侵蝕他的精神使他無法再次入眠，在這樣不斷的內耗下他變得比過去更為憔悴，嘗試再次入眠時那些壓力造成的反胃感又將他從床上趕下來。什麼時候開始，他連好好休息的權利都被他自己拋棄了。

他曾上網查了哪些人容易發展成廣泛性焦慮症的患者，第一個選項便是「完美主義者」。儘管從醫生的對談中已經察覺到一點端倪，但仍舊很難想像他會成為一個完美主義者甚至極端到生了病。他一直以為做不到時可以毫不在乎的甩一句「那就算了吧」並且瀟灑的不去在乎，但事實比他想得更加複雜，也更加絕望。他無法停下去追求完美，因為他無法徹底擺脫那股「他還不夠好」的不安全感。就算大家都以他為傲，他還是不能停下，因為下一次挑戰的不確定性驅使他繼續向前做得更多。當他停下稍作休息後，他才發現原來他自己的心靈已經千瘡百孔了。

「你所付出的努力只有你自己最清楚。」當他崩潰痛哭時，清晰地聽到諮商師對他說了這句話。是啊，已經付出了很多了不是嗎？為什麼他還是感到不滿足呢？為什麼就是不能放過自己呢？果然還是會害怕自己會因此而墮落，但不是已經這樣好好過了兩年了嗎，既然如此不是就可以證明他可以獨當一面了嗎，那為什麼還要讓自己如此疲倦呢。他也不知道答案呢，或許他還無法停止苛求他自己也無法阻止那份罪惡感出現在他的心中。

就這樣吧，未來的他會放過自己的，只能這樣深信著並且繼續好好活著，但現在的他還不知道該如何停下，像一位苦行僧無法停止用肉體的疼痛來考驗自己的信仰一樣。他仍舊在殘害著他自己，直到此刻都還停不下來。他會好起來的吧，這顆被他蹂躪的內心也會復原的吧？「我已經很棒了，已經足夠了，我已經足夠努力了」這句未曾跟自己說過的話，第一次聽到它從他口中說出是那麼的陌生且青澀。

4

「材熱第二次期中100」週二，材料熱力學的課堂，助教將這次期中考的考卷發還給他們。看到自己的成績後，便將成績回報到他家中的群組，一連串的動作顯得如此的平靜，內心早就激不起一點波瀾。已讀1……已讀2……已讀3……。群組裡的成員都已經看到了，但沒有人開口稱讚他，他在等待著什麼？他應該期待著什麼？

「如果我的家人聽到我的語氣中並不快樂，他們也會思考應該怎麼回答他。該稱讚嗎？是否感覺怪怪的呢。」諮商師對他這樣說。的確，當他拿到這份考卷時內心感受不到一絲喜悅，或是說他分不出開心究竟是什麼感覺，它對他來說好陌生，究竟什麼樣的感受才能被稱為「開心」呢？

他可真是個不肖子呢。他連家人到底會對什麼事情感到開心都不知道，這樣的一個孩子可真是失職呢。他總感覺家人離他好遠好遠，甚至他也離自己好遠好遠，遠到感受不到自己的內心。這一切都好陌生，陌生到他就像是個局外人一樣，他們的快樂、悲傷、爭吵與他都無關，他只是靜靜地站在一旁看著，沒有情緒的看著這一切發生。他只是想逃離他們彼此的爭吵，那逐漸高亢的憤怒使他感到害怕、那突如其來的關心也使他感到害怕，他只想安靜地待在某個地方、某個角落，讓他自己被隔離在外就好了。

「我……我想不起他什麼時候感受過快樂，我想不起快樂是什麼感覺。」

他顫抖地說出這句話，他像是被分離了一樣，感受不到情緒在體內流動，只是在相對應的場景中戴上了相應的面具，或者他的快樂取決於對方，當對方感到快樂時，他便會感到快樂了。但他什麼時候真正獨自感受過快樂呢？記憶模糊到想不起來，從腦中深挖出的模糊畫面使他感到痛苦。那是由無力感所導致的痛苦，或許他從未感受過真正的快樂也說不定，留下的只剩那些莫名的執著殘害著自己。他感受不到自我的存在，因此也無法與其他人建立起正確的交流；他感受不到自我的存在，因此總是傷害自己來找到「自己仍舊活著」的證據。他很羨慕其他人是個正常人，而他卻得跟他內心的疾病對抗。他很棒了對吧？這個問題他還是沒有答案，但他想他的確像朋友所說的那般活得負責。

「你可以選擇讓你感到安全的環境去接近，這樣比較不會受傷。」這是諮商師給他的忠告。他就像豪豬困境中的豪豬，全身的刺不留意便會刺傷其他人，漸漸地，不願意再跟別人接觸，他也同樣厭惡傷害他人的自己，因此他將自己從身上剝離，讓傷害別人的自己只能傷害他，最後留下一副殘破的軀體也算是對其他人負責了吧？他能再次接受他自己嗎？他對此感到茫然，他該怎麼做才能讓這顆不安定的心冷靜下來，他該怎麼做才能變得跟其他人一樣正常，是不是已經不可能了？

他好害怕，儘管做了一學期的心理諮商他還是感到很害怕。下一步到底會走到哪裡？他的指導教授發現他的身心狀況會不會後悔選擇他當他的專題生？這些問題都找不到答案了，那些焦慮也找不到平靜的終點。他看不到這條路的結局，他究竟會好到什麼程度，這個未來究竟何時會降臨在他身上他也不曉得，只能一直等下去，等到它真的出現為止。他會好起來的吧？他感受得到，他正在好起來，他知道問題出在哪裡了。是自己，自始至終的癥結點都是他自己，那個嚴厲的自我責備著自己，也在怪罪著那個不願意饒過自己的自己，就這樣無止盡的自殘著，但真的能做出改變嗎？他這樣問著自己，即便無法給出答案，這個問題仍舊糾纏著他，成為了另一個焦慮的來源。這一切真的會如此順利嗎？就讓他旁觀著這一切吧，讓他看著「他」與「他」最後會發展成怎樣吧。「你已經做得很棒了，你已經付出了所有，你所獲得的成就都是你應得的。」他配得起這樣的稱讚嗎？你覺得呢？

5

結束了，為期一個學期的諮商終於在今天畫下句點。想像著過去每一次諮商的場景，坦白說還有點不捨。只是萬物都將迎來終焉之時，諮商也無法逃離這個循環。只是比起過去的他，現在的他確切地感覺到變得更加自在，面對諮商師時也不會再像過去那般痛苦了。

「我想先確認一下，應該恢復到怎樣的程度才能夠被判定為『結案』。」他向諮商師提出這個問題，他明白自己所面對的問題以及引起這個原因的元凶。這樣的他還需要繼續接受諮商嗎？

『結案需要看你原本設下的目標是不是已經達成了，如果你的目標訂得很大那就還需要一點時間。』諮商師平靜地說出答案，但他隱約地察覺到或許還沒恢復到可以結案的程度呢。縱使知道一切的緣由，並不代表他有能力解決他所面對的問題。這次的諮商帶給他的感覺與過去的任何一次諮商都截然不同，過去的諮商更像是在找某個得以信賴的人訴苦，而這次卻像是兩個朋友在聊天，沒有預先設定好任何主題也沒有期待獲得什麼樣的回覆，就只是一句話、一句話慢慢地談心。

他曾問過朋友「一個支離破碎的靈魂是否能夠痊癒？」她相信是可以的，因為她身邊也有過痊癒的例子。至於他能不能痊癒呢？他相信他正在痊癒的路上，每次的諮商、每次的回診他都感覺到他自己的心靈正在好轉。雖然偶爾還是會陷入迷茫與痛苦中，但他都還是撐過來了。在過去那般刻苦的環境下成長的他，綻放著生命的韌性，他又怎麼可能無法好起來呢？其他朋友也看到他的好轉，至少證明了所擔心的好轉並非只是假象，而是確切發生的事實。在這樣的鼓勵之下，他期盼著看到自己真正好起來的未來，至少在不遠處了。

『那你有沒有覺得這次跟過去的任何一次諮商很不同呢？』諮商師說現在更像是對話的感覺。她從第一次諮商便看著他一路成長到現在，從第一次什麼話都講不出來，到痛苦地將自己內心的感受說出來再到現在可以好好地看著諮商師一起與她對話。這條路真的走得好久好久，從他放下自己的戒心再到感受到自己的情緒與不適，直到最後那些不適感漸漸地離他而去，他想確實真的在好起來，直到此時他才願意相信這個事實。

『你說過當這件事結束後就會考慮自殺的事情，現在的你還是這樣想嗎？』諮商師在最後問了他這個問題。他確實還沒想到活下去的真正意義，但還找得到活下去的短期目標，只要它們彼此相連起來，就算活著真的找不到任何的理由，他也還是可以好好地繼續活著再繼續邊走邊找尋著自己活在這個世界上的意義。

參、彼岸花

普通に生きるって
なぜこんなに難しいんだろう
疲れたよ、疲れたよ、疲れたよ
——うぴ子

第一章

「你覺得我是什麼樣的人？」一對恩愛的情侶走在路上，一名流浪漢從拐角竄出，緊緊抓住女生的肩膀，嘴裡戲語著那句。突然，男子的手從口袋裡伸出來，揪起流浪漢破舊的衣領將他慢慢地舉離地面。

「你想對我的女朋友做什麼？」男子手一揮，流浪漢摔倒在地。流浪漢不急著起身，汙濁的單眼從下而上飄向男子。「你覺得我是什麼樣的人？」還是那句話，只是言語中透出了一絲恐慌。「嗚！」流浪漢突然一聲哀號。男子耐不住性子，提起腳狠狠地往他的肚子踢去。

「什麼樣的人？我只知道你是個爛人！」男子啐了一口唾沫後，牽著傻掉的女朋友離去。徒留流浪漢一人，躺在地上哀號，沒人敢向前攙扶，怕髒了自己那身精心打扮的衣服。

流浪漢就這樣緩緩爬回了他原先的拐角，一如既往的蜷縮起來瑟瑟發抖，他身前沒有任何東西，沒有缽、沒有水、沒有紙板跟棉被。對他來說，這些都不算事。對他來說，重要的問題只有一個，他是誰。他焦慮地啃著指甲，這個問題就生根在他的腦海中怎麼拔都拔不掉。他記得他叫什麼名字，也知道自己的家，但他想不起來，他為什麼在這裡，他為什麼存在。

「告訴我……告訴我……誰快來告訴我！」他瘋了，細語漸漸變成吼叫，他在等著什麼。周圍的人因為他怪異的舉動而退之唯恐不及。突然，他又衝了出來，將自己破舊的衣服扯壞，彷彿這身衣服正灼燒著自己的身體一般。

「我是誰！我在哪！我為什麼在這裡！」最有名的哲學三問在他口中成了瘋言瘋語，逢人便扒著對方一股腦的瞎問，也不管對方是否有回答他的慾望。

就這樣，時間從白天轉成了黑夜。殘破的衣縷掛在他瘦弱的軀幹上，四個小時了，沒有人告訴他答案，甚至連一點點提示都不願意給。他深信著總有一天他能尋到答案的，抱持著這樣的想法他回到了他的家，不，那哪是家，根本是一座用書堆積起的廢墟。沒有床，沒有電視，就連浴室裡的浴缸也被書裝滿了，家裡唯一的電器便是一台筆電，恆開著word檔。他從書堆中撿出了一本卡謬的〈異鄉人〉，這是他最喜歡的書，莫棱是他的室友，他總喜歡對著一旁的莫棱說話。對他來說，想找到一個可以正常溝通的人太難了，只有像莫棱一樣的人才能了解不被理解的痛苦。

「你今天有找到答案嗎？」莫棱對坐在書堆翻看著異鄉人的他問道。

「還沒，但感覺快了。」他翻到了莫棱在沙灘上因太陽過熱而殺人的那一段。

「殺人是什麼感覺？」他問了問一旁的莫棱。「沒什麼感覺。」冷漠且精確地回答一直是莫棱的本事。

「你明天還是會出去嗎？」莫棱平靜地問。

「會的。」他平靜地答

「我感受到了，我胸中的雀躍啊！你是否在引領我找到答案？」他突然放聲高歌，彷彿今天所遇到的糟心事都一筆勾消了。他唱到高興處便開始放肆扭擺著自己的身體，踏上書堆，盡情地舞動著。莫棱沒有說話，只是靜靜地看著他。

「你很難受吧？」莫棱說道。

「是啊，很難受呢。」

流浪漢將手貼上玻璃，感受從玻璃傳來刺骨的寒意。窗外的風喧囂著，捲起滿地的落葉。他用僅剩的一顆眼睛看向了倒影中的莫棱，微微瞇眼讓自己的視線更為集中，但倒影卻變得越加透明。

「唉……」他輕嘆一聲。緩步走向熊熊燃燒的壁爐，拿起壁爐上寒光閃閃的銀色左輪手槍。他轉動著它的彈鼓，然後甩動手腕將彈鼓甩入槍中，慢慢地將槍舉起，黑森森的槍口抵著自己的上顎。

「你說，殺死自己的感受是什麼？」他默默地道出。

「我不知道。」莫梭沒有看著他，視線穿透流浪漢，聚焦在他身後的火光。

「喀！喀！喀！喀！喀！喀！……咚！」撞針連續作動了六下，沒有一發子彈擊出，而流浪漢雙腳一軟跪坐在地上，手槍也從指縫間滑落，摔在了木製地板上。

「別這樣，你明知死不了的。」莫梭靜靜地說，剛剛的鬧劇並未驚動到他，他依然淡然又冷漠地站在一旁，沒有走上前攙扶，也沒有後退。就這樣靜靜地站在原地，彷彿一尊雕像一樣。

「是啊，我也知道這樣死不了的，但我就想這樣試試，倘若哪天放了子彈呢？」流浪漢拿起了掉在地上的槍，空洞地看著它。緩緩地站起身，將那把銀色手槍又放回壁爐上。

「你明知不會有那天的。你還想活著，比任何人都想。」莫棱對剛剛流浪漢的言論嗤之以鼻，甚至出言嘲諷。

「我還想活嗎？告訴我，為什麼我想活著？告訴我啊！」他終於受不了了，對著莫棱咆嘯著。

「很簡單，因為你熱愛它，你想知道他為什麼存在，那份慾望讓你不得不活著。」莫棱冷冷地說道，沒有一絲不滿或蔑視，只是淡淡地看向他，看透了他內心所想。

流浪漢面對莫棱的答案，低下了頭。他說對了，他想知道自己活在這世上的意義，也想知道自己為什麼而存在，在搞清楚這些前自己還不願意去死。他們的對話就這樣停在這裡，緊接著是寂靜，只剩下風聲蕭蕭。

「你說我的未來會在哪裡？」流浪漢躺在書堆上，看著站在一旁的莫棱。腳邊散落著幾分鐘前還裝滿的Lavol藥盒。三盒、四盒，桌邊的垃圾桶裡也有六七盒。那是幾分鐘前流浪漢發狂，打開抽屜開始搜刮，風捲殘雲將那些鎮靜劑全部吞入胃裡。食道的灼燒讓他不住地搓揉著自己的胸口。

「會死的，我們最後都會死的。」莫棱依然冷靜地回復，低頭看著流浪漢，沒有蹲下照顧他，卻也沒有離他而去，只是靜靜的看著。

「是嗎？那太好了。」流浪漢的嘴角終於浮現出一絲笑意，他舉起手看著燈光流洩過自己的指間，好像想抓住空氣中的什麼，卻無力將它握起。他的眼角留下一滴眼淚，這滴眼淚不因莫棱的話而流，而是他真的累了，正渴望著解脫。

「我們的屋頂怎麼開始漏水了呢？」不知是為了隱瞞自己的情緒還是藥物開始發揮作用，他開始講出了一些不著邊際的話。而莫棱也沒有接話，就這樣靜靜地看著這一切發生。

「你知道卡謬最後說了什麼嗎？他最後說真正嚴肅的哲學問題只有一個，那就是……」藥效終於發作，舉在空中的手終於放下，他與莫梭的對話到此為止。而莫梭最後只是靜靜地看著它發生，沒有阻止，也沒有促使它發生。這一切就只是流浪漢自己的獨角戲，而莫梭只是看著它演完。

「好好睡吧，我的朋友。你會發現它做不到的。」莫梭注視著他，注視著他唯一的朋友，看著他癱倒的身軀，看著他因呼吸起伏的胸腔。最後轉過身，消失在他的家中。

三天後，他大難不死地醒來，一起身便頭痛欲裂。胃酸從下湧上，吐得四周的書本都是嘔吐物。眼神掃過周圍看著已然熄滅的壁爐，看上了壁爐上的銀色手槍。他搖搖晃晃地站起，從書堆中滑落，摔在木製地板上。他緩緩地朝著壁爐爬去，靠著壁爐，用手支撐起自己孱弱的身體。終於摸到壁爐上的手槍，他將槍口抵住自己的太陽穴。

「喀！」撞針正常擊發了，但沒有火藥爆炸的聲音。他鬆開手，手槍自動滑落到地上。他忘了，那把手槍自始至終都沒有放入子彈，更何況用它來自戕呢。

他跪倒在地，哭了出來。他認為莫梭騙他，讓他相信這樣就能解脫，但他的視線掃過房間，哪有什麼莫梭。房間中只有一個人生活痕跡，從來就沒有第二個人的存在。

「莫梭！莫梭，你在哪？給我滾出來！」流浪漢抱著自己的手哭喊著，好像這樣就能喚回離去的莫梭，但沒有人再理會他，沒有人出現在那間房間，沒有人……。

第二章

「會死的，我們最後都會死的。」莫梭冷冷地回道，彷彿自己是被死神忽略的倖存者。流浪漢最後的記憶停留在莫梭那清澈無比的雙眼中，那是他最後一次看到莫梭，最後一次與他對話，他不曾摸過他，他的呼吸、他的衣袖、他的肌膚，他從來沒有真實地感受過莫梭存在過的痕跡。只記得他們彼此對話過好多次，他將他視為這世上唯一懂他的人。沒人知道這一刻的他有多心痛，只會記得他瘋癲與荒唐。

「莫梭，你在哪裡？我需要你。」流浪漢裹著過去曾被他撕破的殘破衣物，嘴裡喃喃道，走在寒流降臨的街道。細雪飄渺，沉降在他沒有被衣服遮蔽的肌膚上，將他的肌膚凍得發紅，口中吐露出的暖氣化成白煙，消散在人煙稀少的台北街頭。

「忘了他吧，他不會再出現的。」意識模糊的流浪漢聽到耳邊傳來這句，聲音很細，卻很清楚。那個音調很熟悉，似乎在哪裡聽過。是他，那個莫棱回來了，重新出現在他的世界裡面了。流浪漢欣喜若狂地四處張望，卻始終見不到莫棱本人，只有那句話縈繞在他的耳邊。只見一身幻影出現在他的眼角，隨著捲起的落葉而去。他消失了，流浪漢再也支撐不住倒下了，他只看到了捲起的落葉與莫棱身上的那身西裝隨風搖擺著消逝在他的眼前。

「先生！先生醒醒。」流浪漢虛弱的睜開眼睛。他看見一對夫妻正照顧他。幫他換上了一身暖和的衣物，牆邊的壁爐正燃燒著，將窗外的寒冬驅散得無影無蹤。

「先生，幸好你醒來了。你一直喊著莫棱莫棱的，他是你的誰啊？」那位男子誠懇地問。

「莫棱？他是……他是我的朋友，唯一懂我的人。」流浪漢茫然的回答，他不知道莫棱是誰，但下意識地說出了這句話。

「你說的莫棱不會是異鄉人的那個莫棱吧？如果是的話，那他根本不存在吧。」男子追問道，甚至秀出了自己在網路上查到的資料給流浪漢看，想說服他這世界根本不存在莫棱這號人物。

「是嗎？可是……」

「不要可是了。你的家住在哪裡，我們送你回家。」不等流浪漢將話說完，女子便起身跟流浪漢說。

「我的家……我沒有家可回，那根本不算個家。謝謝你們的照顧，抱歉打擾了。」流浪漢也隨著女子起身。他知道雖然他們收留了他，但他還是不受待見的。與其在這裡瞎攪和，還不如提早離去。

「等等啊，你不再休息一會兒嗎？畢竟你才剛醒。」男子剛想挽留，流浪漢卻已鞠躬走向了門口。

「這樣真的好嗎？你不再考慮一下嗎？」突然，有個陌生的聲音傳入流浪漢的耳中。他聚焦在門前，有一坨黑影正凝聚成人形。

「你知道的，我們是不會被世人所接受的。」流浪漢冷冷地說道，逕直走向那團黑影。

「老公，他真的沒問題嗎？」女子看到流浪漢對著空無一人的門前說話，不由得露出擔憂的神情。

「世人？算了吧，你本就不屬於此不是嗎？」

「那我該屬於哪裡？」

「跟我們一起吧。這世間不值得，你終將與我們為伍的。」那團黑影親切地為他開啟了重回台北街頭的門。流浪漢最後深深朝那對夫婦一鞠躬便離開了他們的住所。外面的雪依舊在飄，而流浪漢再次走回那條陰暗的巷弄，朝著他無法被稱之為家的場所前進。

「這就是憂鬱症吧？」流浪漢躺在家中的書堆，淚眼汪汪看著那團黑影。這是他躺下的第二十個小時，他感受不到自己的其他情緒，只是倦了。很疲倦，很疲倦。他無力地舉起手，眼神卻無法對焦在指間的燈光，這是他第四次的嘗試，失去力量的他，手又不自主地垂在書上。

「是啊，這就是憂鬱症吧。」黑影戲謔地回答著，他很樂意看到流浪漢痛苦的模樣，咀嚼著他的痛苦帶給他無上的樂趣。

「是嗎？好痛苦啊。」流浪漢撐起自己的身體，喃喃自語著。聲音變得好細好細，他太累了，累到無法將語言組織成合理的篇章，頹喪地坐在書堆上。腦袋無法順利運轉，他站起身來，跌跌撞撞地走向書桌，拿起了抗憂鬱劑，大把大把地吞下。他找不到對抗它的方法，找不到和它共存的手段，只能這樣與他同歸於盡。

「你究竟在做什麼？」黑影對著正在吞藥的流浪漢驚叫道，他知道若流浪漢倒下，他也將不付存在。

「呵呵，我嗎？我也不知道呢。」流浪漢的意識漸漸變得模糊，最後他看了看黑影，朝他笑了笑。他最終還是倒下了，他尋到了平靜，儘管這份平靜最終也會離他遠去，但沒關係。他笑了，笑得很天真，他知道他可以好好睡一覺了。

「你再這樣下去會死的。」那團黑影試圖阻止拿起抗憂鬱劑的流浪漢。他已經吃得夠多了，每天晚上都吃一顆半。已經漸漸地把自己的身體逼入極限。

「是嗎？我卻覺得還不夠」流浪漢抬起哭腫的雙眼，看向那團黑影，卻又迅速低下頭去。太痛了，真的太痛了。他不能接受自己放棄，更不允許自己被這麼簡單的病症所打敗。他撐起身子，低下頭，走向堆滿藥品的桌子，走得搖搖晃晃，全身止不住地顫抖，他想控制自己的身體，卻做不到。噁心感隨著步伐漸漸增強，最後他癱坐在地，吐得一蹋糊塗。

「夠了吧，你到底想做什麼？」黑影焦急地問。

「還不夠，還遠遠不夠。」他強撐著身體，從那攤嘔吐物中重新再站起來。

他頭暈目眩地走著，好似一個醉鬼。最後他癱軟在桌前，伸手觸及一個又一個藥袋。他大手一揮，將所有的藥袋全部灑落桌面。他已經站不起來了，只得從那堆藥物中找出抗憂鬱劑，配著水又吞了幾顆。他看著自己顫抖的雙手，連握筆寫字都成為了妄想。

「滿意了吧。反正你終將加入我們，再怎麼掙扎都是無用功。」黑影看著他狼狽的樣子，戲謔地笑了幾聲。

「不行，這是我選擇的路，我就算跪著也必須走完。」流浪漢抄起地上的樹枝，朝黑影扔去。樹枝將黑影打散了，卻不曾想黑影又再次顯現。

「我告訴你，今天就算是死了，我也不會加入你們的。」流浪漢腦中的影像開始變得模糊。他壓著自己疼痛的頭，又重新站了起來，踉踉蹌蹌地朝著他的書走去。他還能好起來嗎？他自己都沒有把握，他只記得只要發作便會成為一個廢人。為此，他犧牲了自己的身體，只為了將所有人的期待一次又一次的滿足。他最終還是走回了那條老路，那條用血與淚鋪成地通往地獄的道路。

第三章

「普通に生きるって　なぜこんなに難しいんだろう」

流浪漢坐在七樓廢墟的牆邊，雙眼無神地把玩著手中的魔術方塊，摔在一旁的手機傳來うぴ子憤怒的歌聲。他很累很累，他不知道為什麼普通地活著會變得如此痛苦，甚至成為一種奢望。他感受不到快樂，也察覺不到悲傷，只是將手中的魔術方塊不斷地拼回又再次打亂，機械式的反覆著。

「下一步該怎麼辦？」他轉過頭，將手中的魔術方塊放到手機旁，嘴中喃喃自語。他的眼睛逐漸對焦在身前三公尺的空中，那團黑影再次凝聚起來，朝著他揮了揮手，像是在招呼他向前。

他站起身，腦中閃過一種又一種了結自己的方式，碎在招來火車的軌道上、成為滿池玫瑰的殉道者、抑或是就這樣將自己的身體拋向七層樓以外的未來。頭又開始疼了起來，不斷地載入自己可能的未來讓他的眼睛蒙上一層薄霧。好像找不到其他的未來，等待他的只剩黑影的懷抱，這種註定的結局使他感到痛苦，難道他所信奉的自由意志從一開始就不存在嗎？

「叮咚！」手機突然傳來訊息，一封接著一封。他拿起手機，映入眼簾的是一個又一個朋友鼓勵的訊息。「我們都在的。」他放下手機，訊息的提示音並未因此消失，而是越來越頻繁。他很累，覺得自己的一生並沒有任何價值，卻有著那麼多的朋友願意攙扶著自己。他著眼於牆邊，好像看到了朋友們的幻影，一個又一個，數量逐漸增多。

「啊啊啊啊啊啊啊啊啊啊啊啊啊啊啊啊啊啊啊啊啊啊啊啊啊啊啊啊！」

他跪在地上嘶吼著，眼淚再也掛不住地奪眶而出。他不了解，為什麼如此的自己還有那麼多人願意包容。他不了解為什麼，為什麼自己還有勇氣活著。他不瞭解，自己究竟何德何能能被大家接住。但為了他們，他好像願意再堅持一會。此時，他的手機傳來了最後一句歌詞。

「私もお前もくたばるには早すぎるだろう？」

「這就是最後了嗎？明天的太陽什麼的，好想見到啊。」流浪漢朝廢墟外望去，最後一抹晚霞隱沒在大樓間。只剩橙色的雲層反射著希望的光芒，縱使多麼薄弱，仍就印照在廢墟那壁癌斑駁的牆面。他看著腳邊的魔術方塊，癡呆地笑著，拚完的魔術方塊卻有一角被旋轉了90度，在完美中顯得多麼的不協調。

兩年半了，始終脫離不了這樣的生活。自卑、自責、不認可中的循環著。他明白，始終都明白。壁癌需要被清除；不完美的魔術方塊需要被修正，這社會也將如此。三個月了，攢下的心康緒與贊安諾也快破百。「這些應該夠了吧。」他站起，走向一旁的圍牆，因恐高而又畏縮。「或許這種死法更像是一種病人。」他掏出放在口袋裡破爛的皮夾，裡面一無所有。鈔票、身分證、健保卡都沒有了，唯獨留下一張卡。那是他在高中時的急救員證，他也曾懷著夢想，懷著一顆想救人的心，那是他唯一值得引以為傲的身分，也是他僅存不願捨棄的自尊。

他輕輕的將那張證照放在藥袋上，靜靜地躺在它們旁邊。他的呼吸慢慢地變得平緩，心跳開始減慢，他感受到無比的平靜。那些沒做到的夢想，或許未來的某人能為他做到吧。「疲れたよ、疲れたよ、疲れたよ。」他終於成為一位自殺志願者了呢，雙手相握在胸前，緩緩地呼吸著。新造開始抽痛，心悸的抽動像一聲一聲喪鐘的呼喚。

最後，在夜色中。月光下，壁癌終於剝落，輕輕地撒在一位路人的頭上引得他一陣咒罵；某個家中的孩子將撒落的魔術方塊重新拼回；隨風飄散的急救員證與藥袋成為了流浪漢最後的身分證明，飄落在某個貧民窟不識字的人家門口，被他撿起卻又被隨手撕毀。他沒能勝過與死神的搏鬥，沒能勝出這場自起始便注定了敗局的一生。隔天，太陽依舊升起，世界的齒輪依舊轉動著，但更加絲滑。

肆、萱草

忘却一切不愉快的事

第一章

「再見了。」女孩衝向男孩，伸手向前想要抓住男孩在風中搖晃的身體。男孩面對女孩，向後倒去，最後的道別傳到了女孩耳中，她捂著耳朵蹲下，不願聽到這鋒利的告別。他就這樣與她失之交臂，最後化成死白背景下唯一綻放的血薔薇。

「我們都會好起來的，說好囉。」男孩伸出稚嫩的右手，擺在女孩面前。「嗯！說好囉。」男孩和女孩勾起了彼此的右手小指，這是他們的約定，要一起對抗病魔，縱使病魔在他們手上留下了許多吻痕。他們相互鼓勵著，一有時間就膩在一起，他們堅信只要待在一起，病魔就沒有機會趁虛而入更沒有機會傷害他們。

「我好想活下去，真的真的好想，但為什麼這麼困難。」男孩躺在醫院，吊著點滴，他虛弱地轉過頭，看到了趴在他病床前睡著的女孩，手裡拽著他寫的第一封遺書，臉上殘著淚痕。他伸手想摸摸女孩的頭，卻不小心驚醒了她。「你……你憑什麼這麼做！憑什麼……憑什麼一個人擅自選擇去死！」她拍打著男孩的身體，痛苦地喊叫著。在她眼中，男孩是多麼自私，多麼不負責任。竟然背棄與自己的約定而獨自走上絕路。「對不起，下次不會了。」他輕輕地了撥了撥女孩的頭髮又幫她擦去臉頰的淚痕。「答應我，好嗎？下次別再這麼做了。」「我答應你。」那一晚，他手上戴上了“I PROMISE“的手環。

最後，他被蓋上了白布，融入了死白的背景中，周圍圍上了封鎖線。最後他們的約定被病魔生生切斷，病魔最終從她身邊奪走了他。女孩搖搖晃晃地站起了身，向圍牆走去，身邊的消防員急著牽起她的手，但她沒有向前衝的反應，或者說，她失了魂的定睛看著摺好放在地上的一封信封以及眼熟的紅色手環。她緩緩地蹲下，撿起了那封信以及那條手環，緊緊地揣在胸口。在這時她才發現他已經離開了，徹徹底底地拋下她，去了另一個世界。

第二章

「嗨，林雅玟。這應該是我第一次也是最後一次寫信給你。應該來不及寄出只好麻煩你自己來拿了。我還記得我們之間的約定，『要一起活下去』，我從來就沒有忘記這件事情，這是真的，請相信我。」

「我曾想過好好地活著，活得像個普通人。提著公事包，開啟一段朝九晚五的旅程；定時服藥，讓自己能表現得像個正常人，不再有碎裂感與解離感；或者提起筆記本電腦，四處旅遊，將遇到的人與事都記錄下來，慢慢累積，累積成一本又一本動人的詩篇。我曾幻想過『活著』是如此的簡單，只是一次又一次的呼吸；一下又一下的心跳；一段又一段迷人的邂逅。但當我深入探究後才發現真相遠不及於此，甚至不像表面上那般陽光，自此之後我變了。」

「我成為一個虛無主義者，開始認為這一切都沒有意義。開始心悸與不安，當我服藥後我才能恢復正常，正常的入眠、正常的活動、正常的思考。慢慢地，我變得越來越依賴藥物，沒有它我便無法生活；失去它比死了更難受，頭暈、噁心、癲癇奪走了我的感官，失去了行為能力與認知能力，失去了表達的能力，甚至不能開口說話。但在服藥後，這一切又變了樣，服了藥的我，清晰地感受到我失去了某部分的自我，也許是記憶、也許是勇氣、也許是夢想，不論是什麼，它消失了。彷彿是消化這些對我『有益』的成分需要付出某種『代價』，而我的完整性就是維持我正常生活的『代價』。我知道你希望我好起來，但我希望我在好起來的前提下，是維持自我的完整，當我連這件事情都無法掌握時，我活著也是淪落為一具軀體，而不是以一個『人』的前提活著。」

「卡謬說過：『只有一個真正嚴肅的哲學問題，那就是自殺。』但在我眼中這根本不是問題，而是一種解法。解決了卡夫卡在〈變形記〉中所遇到的難題。當一個人有了人的思維卻意外變得不再是人後，它依舊受到長期禁錮自己的意識的常規左右，而不能好好地審視自我，找出自我真正的出口。對我來說，那樣的生活是不值得過的。我已經脫離不了藥物的控制，而你，林雅玟，還來得及。你一定會好起來，也一定要好起來。很抱歉，我是個自私的人，為了讓你活著，也讓我活著，我只能這樣活在你的回憶裡了。我先下地獄了，待你抵達這裡的交叉口，我會與你相遇，帶給你地獄的所見所聞，並送你前往天堂。我只能陪你到這了。對不起，我愛你。」

「寫這些什麼垃圾東西，你到是給我回來啊！什麼『自私』、什麼『為了讓我活著』、什麼『為了讓你活著』，寫的一堆狗屁東西！你給我回來啊！你給我回來啊！我沒有你，我怎麼活啊！」女孩將男孩的遺書捏成球，狠狠砸在牆上。掩著面痛哭，身上寬鬆的長袖袖子緩緩地飄下，露出了左手一道一道的劃痕，有些已經留疤、有些已經結疤、有些仍紅腫發炎，就像前幾天在高中跳樓的男孩左手一樣，但傷痕數目卻比男孩多了許多，但她決定要活下去了，為了她、為了他，她都要活下去。

第三章

「這就是自由嗎？」男孩舉起雙手望向一片藍天與白雲，啪嗒啪嗒的聲音傳來，分不清是鴿子飛過他身邊拍打翅膀的聲音還是女孩眼淚滴落地板的聲音。他眼裡只有祥和的藍白，下方的血紅與吵雜的紛擾交雜著救護車的聲音卻傳不到他的耳裡。

「終於結束了呢。」男孩坐在女兒牆上，默默看著自己身後的信封，淚汪汪地看著它，像看著過去刻著「去死！！！」的桌面；像看著過去在其他同學抽屜中自己的筆盒，抱著它蹲在牆角被同學踹打著。直到有一天他忍受不住，將削尖的竹筷刺進同學的背後。那一晚什麼都沒發生，只有他在大雨下在家門前淋著雨呆站著一晚。他呼吸著，分不清是淚水還是雨水自他的臉頰下流下。他曾疑惑著自己是否是不值得被愛的人，他看不見、看不見未來也看不見色彩。灰色成了他最愛的顏色，孤僻地呆坐在自己的座位上，只是呼吸著，呼吸著，活著。

「走吧，在最後再走一次吧。」他躍下了女兒牆，回到了和女孩相約的頂樓，她正跪著，抱著他的遺書痛哭。他的手輕輕撫著她的臉頰，想為她擦去淚水。「謝謝你，為我的生命帶來色彩。」他喃喃道。他站在那時相約的角落，那是故事開始的地方，也是他的生命重拾意義的地方，最後卻在相同的地方結束了這個故事。

回到教室，被刻出「去死」字眼的桌面被用修正液拙劣的補平，卻因為色差而更凸顯出字跡間的恨意。「他們只是想和你玩而已。」他走到講台上，回想起那時他刺傷同學後，被老師當眾訓斥的場景。台下的同學笑了，他哭了，她撇下了頭。他從不指望老師願意站出來，但內心仍舊抱持著那一絲「或許」的拯救，卻什麼都沒得到。

天下起了雨，就像那晚一樣，白布下的嫣紅被大雨洗淨了大半。他慢慢地走回家，就像那晚一樣，失神的他淋著雨，等待他的是家人的不諒解與責罵。他也曾相信過家是他的避風港，但摔碎在地上的碗盤與喝剩的酒瓶像炸彈轟毀了他的避風港。

他默默地收拾起了家務，卻因白天的事被趕出家裡在外淋了一夜的雨。

「這就是最後了吧。」他走回了他因自殺而住進的病房，那是他與她約定的地方，也是他愛上她的地方。他不懂愛，但手中的手環時時刻刻提醒他還有人在乎他，還不能放棄。原先都故作鎮定的他看著夕陽灑進病房窗戶再也堅持不住而失聲痛哭。

「對不起、對不起、對不起……我真的好想好想活著，但活著真的好難。」他蹲在地上不斷抽動著，直到他感覺到有什麼撫摸了他的頭。只見一位與她有一樣面貌的女生伸出手輕輕撫摸他。「你辛苦了，該走了。」她牽起了他，在醫院走廊亮著白光，她拉著他走進了那道白光中。在另一個世界不再有痛楚。

國家圖書館出版品預行編目

不眠的月 / 石月著. -- 臺中市 : 李嘉峻, 2025.02
面； 公分
ISBN 978-626-01-3691-8(平裝)

863.4 113020593

不眠的月

作　　者／石　月
出　　版／李嘉峻
製作銷售／秀威資訊科技股份有限公司
114 台北市內湖區瑞光路76巷69號2樓
電話：+886-2-2796-3638
傳真：+886-2-2796-1377
網路訂購／秀威書店：https://store.showwe.tw
博客來網路書店：https://www.books.com.tw
三民網路書店：https://www.m.sanmin.com.tw
讀冊生活：https://www.taaze.tw

出版日期／2025年2月
定　　價／350元